在白话里邂逅古诗文

栩源 ◎ 编著

国文出版社
·北京·

图书在版编目（CIP）数据

在白话里邂逅古诗文 / 栩源编著. -- 北京：国文出版社，2025. -- ISBN 978-7-5125-2091-2

Ⅰ．I211-49

中国国家版本馆CIP数据核字第2025XF9735号

在白话里邂逅古诗文

编　　著	栩　源
责任编辑	罗敬夫
责任校对	胡展嘉
出版发行	国文出版社
经　　销	全国新华书店
印　　刷	三河市同力彩印有限公司
开　　本	710毫米×1000毫米　　16开
	8.5印张　　　　　　　50千字
版　　次	2025年7月第1版
	2025年7月第1次印刷
书　　号	ISBN 978-7-5125-2091-2
定　　价	79.00元

国文出版社

北京市朝阳区东土城路乙9号　　邮编：100013

总编室：（010）64270995　　传真：（010）64270995

销售热线：（010）64271187

传真：（010）64271187-800

E-mail：icpc@95777.sina.net

在浩瀚的中华文化长河中，古诗文犹如璀璨星辰，照亮了历史的天幕，也滋养了一代又一代中华儿女的心灵。然而，随着时代的变迁，这些珍贵的文化遗产似乎渐渐远离了我们的日常生活，成为脑海中尘封的记忆。《在白话里邂逅古诗文》一书，正是基于这样的背景应运而生，它以一种创新而亲切的方式，搭建起一座连接古今的桥梁，让古诗文的美妙与智慧，在现代人的生活中重新焕发光彩。

本书精心挑选了跨越千年的经典古诗文，从赞美他人的温婉辞藻，到机智回话的巧妙应对；从高情商沟通的艺术，到深情告白的浪漫篇章，每一篇都蕴含着古人的情感与智慧。我们没有止步于简单的引用，而是以生动有趣的白话文为媒介，对这些古诗文进行了深入浅出的解读，力求让每一位读者都能轻松理解，深刻感受。

在这个过程中，您会发现，原来古诗文并非遥不可及的"海市蜃楼"，而是与我们生活息息相关，能够指导我们言行举止、提升我们情感表达能力的宝贵资源。无论是想要更加得体地夸赞他人，还是想要机智地化解尴尬场面，抑或是想要更加动人地表达爱意，本书都能为您提供丰富的灵感与范例。

我们相信，通过阅读本书，您不仅能够领略到古诗文的独特魅力，更能在潜移默化中提升自己的文化素养与沟通能力。愿本书能成为您生活中的良师益友，陪伴您在品味古诗文之美的同时，也学会如何以更加文雅、得体的方式表达自我，感受中华文化的博大精深与源远流长。

本书中介绍的古诗文和白话文之间的关系和寓意，不是古诗文的译文，仅代表作者个人的理解和感受，还有很多不足之处，欢迎读者交流商榷。

目录

漂亮地夸人
- 外貌篇 01
- 品格篇 07
- 才华篇 12
- 格局篇 18

机智地回话
- 职场反击 23
- 朋友吐槽 28
- 情侣斗嘴 32
- 回敬喷子 36

高情商地沟通
- 拒绝篇 42
- 理解篇 47
- 赞美篇 51
- 道歉篇 56

从容地应酬

- 开场篇 58
- 祝酒篇 63
- 感谢篇 68
- 退场篇 71

正确地示爱

- 表白篇 75
- 誓言篇 81
- 哄人篇 85
- 思念篇 89

诚挚地送上祝福

- 节日篇 95
- 生日篇 99
- 婚礼篇 104
- 事业篇 108
- 学子篇 112

有内涵地发朋友圈

- 置顶句子 116
- 个性签名 121
- 心情物语 126

外貌篇

白话文：你笑起来真好看！
古诗文：回眸一笑百媚生，六宫粉黛无颜色。——[唐]白居易《长恨歌》

白话文：你长在了我的审美点上。
古诗文：人间无正色，悦目即为姝。——[唐]白居易《秦中吟十首·议婚》

白话文：你的眼神清澈迷人，手指纤细灵巧！
古诗文：双眸剪秋水，十指剥春葱。——[唐]白居易《筝》

白话文：你笑容甜美，容光焕发。
古诗文：靥笑春桃兮，云髻堆翠；唇绽樱颗兮，榴齿含香。
——[清]曹雪芹《红楼梦》

白话文：你的脸庞如荷花般艳丽，令我心醉！
古诗文：荷叶罗裙一色裁，芙蓉向脸两边开。——[唐]王昌龄《采莲曲》

白话文：颜值爆表。
古诗文：众里嫣然通一顾，人间颜色如尘土。
——[清]王国维《蝶恋花·窈窕燕姬年十五》

白话文：你眼神灵动，吐气如兰，十分美丽。
古诗文：转眄流精，光润玉颜。含辞未吐，气若幽兰。

——[三国魏]曹植《洛神赋》

白话文：你的气质真好！
古诗文：俏丽若三春之桃，清素若九秋之菊。——[清]曹雪芹《红楼梦》

白话文：你是世间少见的美人！
古诗文：其艳若何？霞映澄塘……其神若何，月射寒江。

——[清]曹雪芹《红楼梦》

白话文：你的美颜绝世无双！
古诗文：手如柔荑，肤如凝脂。领如蝤蛴，齿如瓠犀。螓首蛾眉，巧笑倩兮，美目盼兮。——《诗经·国风·卫风·硕人》

白话文：你的眉眼真亮，一笑起来，整座城的人都感到欣悦。
古诗文：眉目艳皎月，一笑倾城欢。——[唐]李白《古风》

白话文：你的头发随意一挽就超有范儿，淡妆太美了！
古诗文：宝髻松松挽就，铅华淡淡妆成。

——[宋]司马光《西江月·宝髻松松挽就》

白话文：你真是美貌如仙！
古诗文：俊眼修眉，顾盼神飞，文采精华，见之忘俗。

——[清]曹雪芹《红楼梦》

漂亮地夸人

白话文：你衣如云彩，貌美如花。
古诗文：云想衣裳花想容，春风拂槛露华浓。——[唐]李白《清平调》

白话文：你的美貌古今难寻，荷花见了都羞涩不如！
古诗文：秀色掩今古，荷花羞玉颜。——[唐]李白《咏苎萝山》

白话文：你容貌皎洁明媚，肤白似雪。
古诗文：垆边人似月，皓腕凝霜雪。——[唐]韦庄《菩萨蛮·人人尽说江南好》

白话文：你笑起来好迷人！
古诗文：媚眼随羞合，丹唇逐笑分。——[南梁]何思澄《拟古诗》

白话文：你具朴素之美。
古诗文：朱粉不深匀，闲花淡淡春。——[宋]张先《醉垂鞭》

白话文：小伙子见了你都忍不住多看你两眼。
古诗文：少年见罗敷，脱帽著帩头。——[汉]汉乐府《陌上桑》

白话文：你怎样打扮都超美！
古诗文：欲把西湖比西子，淡妆浓抹总相宜。
——[宋]苏轼《饮湖上初晴后雨二首》

白话文：小伙子你真是惊才绝艳，独一无二。
古诗文：积石如玉，列松如翠。郎艳独绝，世无其二。
——[宋]郭茂倩《白石郎曲》

白话文：小姐姐真是飘逸、神秘又美丽。

古诗文：髣髴兮若轻云之蔽月，飘飖兮若流风之回雪。

——[三国魏]曹植《洛神赋》

漂亮地夸人

白话文：小伙你真帅，活像个小神仙！
古诗文：青袍美少年，黄绶一神仙。——[唐]岑参《送楚丘麹少府赴官》

白话文：小伙长得真有型！
古诗文：头玉硗硗眉刷翠，杜郎生得真男子！——[唐]李贺《唐儿歌》

白话文：你气质非凡，眼神像秋水一样清澈。
古诗文：骨重神寒天庙器，一双瞳人剪秋水。——[唐]李贺《唐儿歌》

白话文：不是随便夸你哦，你真是文武双全。
古诗文：不是逢人苦誉君，亦狂亦侠亦温文。——[清]龚自珍《己亥杂诗》

白话文：小伙真帅气，聪明又伶俐！
古诗文：翩翩我公子，机巧忽若神。——[三国魏]曹植《侍太子坐诗》

白话文：小伙长得纯真又清新。
古诗文：张子美少年，濯濯春月柳。——[元]陈孚《送应奉张幼度同知冠州》

白话文：小伙真帅气！
古诗文：恂恂公子，美色无比。诞姿既丰，世胄有纪。
——[魏晋]周昭《与孙奇诗》

白话文：像你这样英俊的男人，人间少有。
古诗文：算一生绕遍，瑶阶玉树，如君样，人间少。
——[宋]吴泳《水龙吟·寿李长孺》

白话文：追风美少年，真令人心动。
古诗文：绿发青衫美少年，追风一抹紫鸾鞭。——[宋]孙觌《送五侄归南安》

白话文：你真是个帅哥，气质超绝。
古诗文：翩翩佳公子，逸气凌青云。——[宋]周紫芝《次韵徐南美题赵》

白话文：你超酷超清新，帅气逼人！
古诗文：风流浊世佳公子，潇洒宗之美少年。——[明]李之世《悼钟右之其三》

白话文：这位帅哥眉清目秀。
古诗文：神仪明秀，朗目疏眉。——[唐]姚婉思《梁书·陶弘景传》

白话文：小伙子真有范儿！
古诗文：立如芝兰玉树，笑如朗月入怀。——[宋]郭茂倩《白石郎曲》

白话文：帅哥潇洒倜傥！
古诗文：宗之潇洒美少年，举觞白眼望青天，皎如玉树临风前。
　　　　　　　　　　　　　　——[唐]杜甫《饮中八仙歌》

白话文：谁家小伙，长得这么一副倾世容颜！
古诗文：白玉谁家郎，回车渡天津。看花东陌上，惊动洛阳人。
　　　　　　　　　　　　　　——[唐]李白《洛阳陌》

白话文：好一个俊秀的男孩儿！
古诗文：大儿九龄色清澈，秋水为神玉为骨。——[唐]杜甫《徐卿二子歌》

品格篇

白话文：荣华富贵都是浮云。
古诗文：钟鼓馔玉不足贵，但愿长醉不愿醒。——[唐]李白《将进酒》

白话文：任世事沧桑，我心不改。
古诗文：洛阳亲友如相问，一片冰心在玉壶。——[唐]王昌龄《芙蓉楼送辛渐》

白话文：你真无私，牺牲小我，成就大我。
古诗文：落红不是无情物，化作春泥更护花。——[清]龚自珍《己亥杂诗》

白话文：你具有超脱世俗、顺应自然的心态，令人佩服。
古诗文：微道德以久娱，跨天地而处尊。——[三国魏]阮籍《大人先生传》

白话文：你是一位信守承诺的人。
古诗文：海岳尚可倾，吐诺终不移。——[唐]李白《酬崔五郎中》

白话文：先生高义，谁能不服？
古诗文：上上高节者，鬼神钦道德。——[唐]寒山《诗三百三首》

白话文：你就是我们大家学习的榜样！
古诗文：道德无贫贱，风采照乡闾。——[宋]苏轼《答任师中家汉公》

白话文：你为人真是低调，有内涵！
古诗文：不要人夸颜色好，只留清气满乾坤。——[元]王冕《墨梅》

白话文：你为人真大气！
古诗文：唤起一天明月，照我满怀冰雪，浩荡百川流。
——[宋]辛弃疾《水调歌头·和马叔度游月波楼》

白话文：清白做人。
古诗文：冰雪林中著此身，不同桃李混芳尘。——[元]王冕《白梅》

白话文：一切都是过往。
古诗文：未若锦囊收艳骨，一抔净土掩风流。——[清]曹雪芹《葬花吟》

白话文：你气质高洁、不流俗，让人敬佩。
古诗文：质本洁来还洁去，强于污淖陷渠沟。——[清]曹雪芹《葬花吟》

白话文：您是一个品德高尚的人。
古诗文：君云山苍苍，江水泱泱，先生之风，山高水长。
——[宋]范仲淹《严先生祠堂记》

白话文：不忘初心，不违本心，不负真心。
古诗文：未出土时先有节，便凌云去也无心。——[宋]徐庭筠《咏竹》

白话文：没有什么能动摇你的心志。
古诗文：月缺不改光，剑折不改刚。——[宋]梅尧臣《古意》

白话文：你大人有大量。
古诗文：何事纷争一角墙，让他几尺又何妨。——[明]林翰《诫子弟》

白话文：你从不靠吹捧、炒作，自身实力过硬。
古诗文：居高声自远，非是藉秋风。——［唐］虞世南《蝉》

白话文：我抗压，我自强。
古诗文：千锤万凿出深山，烈火焚烧若等闲。——［明］于谦《石灰吟》

白话文：在此向你高山般的人品致敬了！
古诗文：高山安可仰，徒此揖清芬。——［唐］李白《赠孟浩然》

白话文：你面对任何困境，都绝不低头服输。
古诗文：宁可枝头抱香死，何曾吹落北风中。——［宋］郑思肖《寒菊》

白话文：金钱名利都是浮云，没什么大不了的。
古诗文：丹青不知老将至，富贵于我如浮云。

——［唐］杜甫《丹青引赠曹将军霸》

白话文：你把名利看得很淡。
古诗文：不戚戚于贫贱，不汲汲于富贵。——［晋］陶渊明《五柳先生传》

白话文：你总是特立独行，不随波逐流，坚持自己的原则和梦想。
古诗文：大夫名价古今闻，盘屈孤贞更出群。——［南唐］成彦雄《松》

白话文：为崇高的理想而前进。
古诗文：一腔热血勤珍重，洒去犹能化碧涛。——［清］秋瑾《对酒》

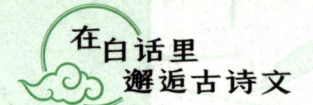

白话文：苦难造就辉煌。
古诗文：岁寒霜雪苦，含彩独青青。——[唐]陈子昂《与东方左史虬修竹篇》

白话文：爱的奉献。
古诗文：采得百花成蜜后，为谁辛苦为谁甜？——[唐]罗隐《蜂》

白话文：你的信念坚如磐石。
古诗文：不为穷变节，不为贱易志。——[汉]桓宽《盐铁论》

白话文：松柏品格。
古诗文：凌风知劲节，负雪见贞心。——[南朝梁]范云《咏寒松诗》

白话文：外表光鲜，背后流汗。
古诗文：国色天香人咏尽，丹心独抱更谁知。——[明]俞大猷《咏牡丹》

白话文：你的气质高雅独特。
古诗文：出淤泥而不染，濯清涟而不妖。——[宋]周敦颐《爱莲说》

白话文：时光老去，你的风采依旧！
古诗文：虽惭老圃秋容淡，且看黄花晚节香。——[宋]韩琦《九日水阁》

白话文：竹之精神。
古诗文：多节本怀端直性，露青犹有岁寒心。
　　　　　　　　　　——[唐]刘禹锡《酬元九侍御赠璧竹鞭长句》

漂亮地夸人

白话文： 不管外界如何变化，你依然保持着本心。
古诗文： 海棠不惜胭脂色，独立蒙蒙细雨中。——[宋]陈与义《春寒》

白话文： 你真是一身胆气，令人敬服。
古诗文： 大将南征胆气豪，腰横秋水雁翎刀。——[明]朱厚熜《送毛伯温》

白话文： 我真的很服你。
古诗文： 高山仰止，景行行止。——《诗经·小雅·车舝》

白话文： 能将钱财看轻的人，当是真豪杰。
古诗文： 富贵不淫贫贱乐，男儿到此是豪雄。——[宋]程颢《秋日偶成》

白话文： 你品性高洁，即使遇见困难，也绝不屈服。
古诗文： 雪压枝头低，虽低不着泥。一朝红日出，依旧与天齐。
——[明]朱元璋《咏竹》

白话文： 贵在诚信。
古诗文： 自古驱民在信诚，一言为重百金轻。——[宋]王安石《商鞅》

才华篇

白话文：拿起笔能搅动风云，拂动衣袖能开天辟地。
古诗文：**提笔风云卷，拂袖天地开。**——[清]林则徐《对联》

白话文：你的才华真是令人叹为观止！
古诗文：**兴酣落笔摇五岳，诗成笑傲凌沧洲。**——[唐]李白《江上吟》

白话文：清新俊逸，作品上乘。
古诗文：**清新庾开府，俊逸鲍参军。**——[唐]杜甫《春日忆李白》

白话文：文采了得。
古诗文：**学业醇儒富，辞华哲匠能。笔飞鸾耸立，章罢凤骞腾。**

——[唐]杜甫《赠特进汝阳王二十韵》

白话文：你未来可期。
古诗文：**江山代有才人出，各领风骚数百年。**——[清]赵翼《论诗五首》

白话文：你才华出众如疾风飘逸，壮志凌云似烟霞高远。
古诗文：**惊才风逸，壮志烟高。**——[南朝梁]刘勰《文心雕龙》

白话文：你的才情如同璀璨星火，照亮了周围的一切。
古诗文：**岂关名利分荣路，自有才华作庆霄。**

——[唐]温庭筠《寄河南杜少尹》

白话文：你的才情征服了我。

古诗文：裴生信英迈，屈起多才华。——[唐]李白《早秋赠裴十七仲堪》

白话文：谁能比得上你的才华？

古诗文：扫眉才子知多少，管领春风总不如。

——[唐]王建《寄蜀中薛涛校书》

白话文：你的才华古今无双。

古诗文：前不见古人，后不见来者。——[唐]陈子昂《登幽州台歌》

白话文：你不仅口才了得，文采也出众。

古诗文：言语巧偷鹦鹉舌，文章分得凤凰毛。——[唐]元稹《寄赠薛涛》

白话文：你的演出触及心灵。

古诗文：十八年来堕世间，吹花嚼蕊弄冰弦。

——[清]纳兰性德《浣溪沙·十八年来堕世间》

白话文：你的气质和才华堪称第一。

古诗文：气质美如兰，才华馥比仙。——[清]曹雪芹《世难容》

白话文：见到你，我相信有天才。

古诗文：故事遵台阁，新诗冠宇宙。——[唐]张说《五君咏五首·李赵公峤》

白话文：你可是我们家族的荣耀。

古诗文：吾族白眉良，才华动洛阳。——[唐]崔泰之《同光禄弟冬日述怀》

白话文：你的才情像江海一样浩渺，广阔得望不到边际。
古诗文：**君才比江海，浩浩观无涯。**——[宋]梅尧臣《寄滁州欧阳永叔》

白话文：我敬佩你的才华，咱们志趣一致。
古诗文：**才华推独步，声气幸相亲。**——[唐]权德舆《哭刘四尚书》

白话文：大家对你有口皆碑。
古诗文：**才章过鲍谢，交契敌雷陈。**——[宋]祖无择《寄信安判官张秘校》

白话文：你富有才华，文笔矫健而刚劲。
古诗文：**之人富才华，笔力遒且壮。**——[宋]文同《中秋夜试院寄子平》

白话文：你太厉害了！
古诗文：**志气空磅礴，才华浪激昂。**——[宋]司马光《送聂之美摄尉韦城》

白话文：你文笔优美，内涵丰富。
古诗文：**子今才华笔端富，山川去入风雅国。**

——[宋]黄庶《送李室长庆州宁觐》

白话文：我跟不上你。
古诗文：**盛德鸿枢后，才华日久新。**——[宋]彭汝砺《送郑寺丞过洪州其一》

白话文：你出身名家，难怪这么厉害。
古诗文：**子真家世子云乡，风力才华岂易当。**——[宋]王安石《送梅龙图》

漂亮地夸人

白话文：你才华卓越，令人羡慕。

古诗文：才华固相若，光焰实难韬。

——[宋]苏颂《林次中示及追和浙西三贤述梦诗其间叙卫公事》

白话文：你的文章既具有建安诗歌的刚健，又真挚而自然。

古诗文：蓬莱文章建安骨，中间小谢又清发。

——[唐]李白《宣州谢朓楼饯别校书叔云》

白话文：你才华横溢，气质脱俗。

古诗文：深居猿鸟共忘机，荀孟才华鹤氅衣。

——[宋]释智圆《赠林逋处士》

白话文：和你相比，我的那点才华就可以忽略不计了。

古诗文：顾我才华常患少，喜君辞翰动而飞。

——[宋]徐积《和吕秘校其九》

白话文：你的功绩定会千载流传，被后世传颂。

古诗文：才华金论著，功业鼎铭刊。

——[宋]郭祥正《将至历阳先寄王纯父贤守》

白话文：你的气质和才华都是万里挑一，前途不可限量。

古诗文：伊人亦才华，俊逸千里驹。——[宋]释道潜《得端叔淮上书》

白话文：年轻人的创作总是充满想象力和灵动性。

古诗文：青春可爱如才华，使人诗思如杨花。——[宋]黄裳《春日寄友人》

白话文：你的见识、度量和你的才华一样，都让人难以企及。
古诗文：识量东溟阔，才华北斗高。——[宋]华镇《赠越倅胡郎中》

白话文：你不仅才华出众，而且非常重情义，让人钦佩。
古诗文：乡闾分义千钧重，笔墨才华一座倾。
——[宋]华镇《次韵酬桂阳石知监怀乡见寄》

白话文：你的诗歌精益求精，功底深厚。
古诗文：毫发无遗恨，波澜独老成。——[唐]杜甫《敬赠郑谏议十韵》

白话文：这个小伙太优秀了。
古诗文：年少才华自不群，果然飞步出儒绅。
——[宋]冯山《寄新辈寒颀子长书记》

白话文：你的才华和气质真是太棒了！
古诗文：人物三珠树，才华五凤楼。——[明]陶宗仪《哭王黄鹤》

白话文：你是有德有才的好朋友。
古诗文：人生最乐在知心，况尔才华更风韵。——[元]刘崧《醉歌行赠曾举正》

白话文：你俩真是郎才女貌。
古诗文：侍女芳年恰破瓜，仙郎词藻富才华。——[明]钱子正《友人新置妓》

白话文：你的文章写得太好了！
古诗文：文采绚鸾凤，才华炫金璧。——[明]王绅《简郑叔贞四十二韵》

漂亮地夸人

白话文：你处于事业的上升期。
古诗文：嗟君自是真仙骨，廊庙才华正英发。
——[元]刘崧《紫髯使君歌为本拙吕金宪赋》

白话文：无人能与你媲美。
古诗文：如君才华世无对，笑视融修尽儿辈。
——[清]吴绮《定交篇自锡山至阳羡访陈其年作》

白话文：你的诗文妙笔生花，惊世骇俗。
古诗文：笔落惊风雨，诗成泣鬼神。——[唐]杜甫《寄李十二白二十韵》

白话文：你才华卓越，气质非凡，让人佩服。
古诗文：公子才华尤绝胜，翩翩气压幽燕。
——[清]陈维崧《临江仙·武塘赠钱岩烛》

白话文：你可真厉害！
古诗文：气宇古人似，才华今世无。——[清]任堃《赠别李子三大归骊庄其一》

格局篇

白话文：你做人低调，从不张扬。
古诗文：事了拂衣去，深藏身与名。——[唐]李白《侠客行》

白话文：你的胸怀真开阔！
古诗文：黄河落天走东海，万里写入胸怀间。——[唐]李白《赠裴十四》

白话文：你站位极高，视野广阔。
古诗文：日月每从肩上过，山河长在掌中看。——[唐]李忱《百丈山》

白话文：何必计较房屋的宽窄，真正的宽窄在我心中。
古诗文：何劳问宽窄，宽窄在心中。——[唐]白居易《小宅》

白话文：行胜于言。
古诗文：桃李不言，下自成蹊。——[明]程登吉《幼学琼林》

白话文：粉身碎骨不改气节。
古诗文：玉可碎而不可改其白，竹可焚而不可毁其节。
——[明]罗贯中《三国演义》

白话文：做成大事重在积累。
古诗文：海不辞水，故能成其大；山不辞土石，故能成其高。
——[先秦]管仲《管子》

白话文：吃苦在前，享受在后。
古诗文：**先天下之忧而忧，后天下之乐而乐。**——[宋]范仲淹《岳阳楼记》

白话文：你达到了圣贤的水平。
古诗文：**胸中正可吞云梦，盏里何妨对圣贤。**
　　　　　　　　　　　——[宋]晁补之《自画山水留春堂大屏题其上》

白话文：总揽全局才能成事。
古诗文：**不谋万世者，不足谋一时；不谋全局者，不足谋一域。**
　　　　　　　　　　　——[清]陈澹然《寤言》

白话文：古今天下片刻在握。
古诗文：**观古今于须臾，抚四海于一瞬。**——[晋]陆机《文赋》

白话文：胸怀如天地般宽广，便可与日月同辉。
古诗文：**同天地之规量兮，齐日月之辉光。**——[三国魏]曹植《铜雀台赋》

白话文：天塌下来也不怕。
古诗文：**两脚踢翻尘世路，一肩担尽古今愁。**——[清]袁枚《绝命词》

白话文：知识必须时时补充更新，思想才能保持新境界。
古诗文：**问渠那得清如许？为有源头活水来。**——[宋]朱熹《观书有感》

白话文：做大事的人不会为小事困扰。
古诗文：**大行不顾细谨，大礼不辞小让。**——[汉]司马迁《史记》

在白话里邂逅古诗文

白话文：任何困难也不能击败我。
古诗文：竹杖芒鞋轻胜马，谁怕？一蓑烟雨任平生。
　　　　　　　　　——[宋]苏轼《定风波·莫听穿林打叶声》

白话文：百姓安乐是您的心愿。
古诗文：安得广厦千万间，大庇天下寒士俱欢颜！
　　　　　　　　　——[唐]杜甫《茅屋为秋风所破歌》

白话文：大丈夫志在四方。
古诗文：丈夫志四海，万里犹比邻。——[三国魏]曹植《赠白马王彪·并序》

白话文：你真是想得开。
古诗文：宠辱不惊，闲看庭前花开花落；去留无意，漫随天外云卷云舒。
　　　　　　　　　——[明]陈继儒《小窗幽记》

白话文：放大你的格局。
古诗文：三万里河东入海，五千仞岳上摩天。
　　　　　　　　　——[宋]陆游《秋夜将晓出篱门迎凉有感二首》

白话文：追寻自己的星辰大海。
古诗文：凝云鼓震星辰动，拂浪旗开日月浮。——[唐]许浑《汴河亭》

白话文：相信自己，我能行！
古诗文：丈夫皆有志，会见立功勋。——[唐]杨炯《出塞》

白话文：只管走自己的路，不要管那么多。
古诗文：**回首向来萧瑟处，归去，也无风雨也无晴。**

——[宋] 苏轼《定风波·莫听穿林打叶声》

白话文：君子都是严于律己、宽以待人。
古诗文：**古之君子，其责己也重以周，其待人也轻以约。**

——[唐] 韩愈《原毁》

白话文：心比天高，志求坚韧。
古诗文：**心随朗日高，志与秋霜洁。**——[唐] 李世民《经破薛举战地》

白话文：英雄不减当年勇。
古诗文：**试将旧日弓弯看，箭入弦来月样齐。**——[明] 朱元璋《思老试壮》

白话文：你心胸阔大、勇于担当，不是我们可比的。
古诗文：**夜间不敢长伸脚，恐踏山河社稷穿。**——[明] 朱元璋《无题》

白话文：岸在天边，山在脚下。
古诗文：**海到尽头天作岸，山登绝顶我为峰。**——[清] 林则徐《出老》

白话文：心胸宽广的人不会以金钱来衡量事物的价值。
古诗文：**心旷则万钟如瓦缶。**——[明] 洪应明《菜根谭》

白话文：天大的事都不是事。
古诗文：**风力掀天浪打头，只须一笑不须愁。**——[宋] 杨万里《冈歌行十二首》

白话文：伟大与崇高由此看出。
古诗文：为天地立心，为生民立命，为往圣继绝学，为万世开太平。

——[宋]张载《横渠四句》

白话文：我身由我不由人。
古诗文：用舍由时，行藏在我，袖手何妨闲处看。

——[宋]苏轼《沁园春·孤馆灯青》

白话文：闲适也能愉悦人呀！
古诗文：采菊东篱下，悠然见南山。——[晋]陶渊明《饮酒》

白话文：成功的背后都是坎坷。
古诗文：看似寻常最奇崛，成如容易却艰辛。

——[宋]王安石《题张司业诗》

白话文：势不可当！
古诗文：君不见黄河之水天上来，奔流到海不复回。——[唐]李白《将进酒》

职场反击

白话文：你也太不自量力了！
古诗文：蚍蜉撼大树，可笑不自量。——[唐]韩愈《调张籍》

白话文：毒蛇口中吐了甜言蜜语，脸皮有多厚？
古诗文：蛇蛇硕言，出自口矣。巧言如簧，颜之厚矣。
——《诗经·小雅·巧言》

白话文：小人得志，狂什么？
古诗文：乱条犹未变初黄，倚得东风势便狂。——[宋]曾巩《咏柳》

白话文：你们现在身败名裂，而被你们诋毁的人的英名万古流传。
古诗文：尔曹身与名俱灭，不废江河万古流。——[唐]杜甫《戏为六绝句》

白话文：一个只看外在的势利小人。
古诗文：眼睛长在屁股上，只认衣冠不认人。——[清]文映江《咏针》

白话文：损人利己，没有好结果。
古诗文：图财不顾人，且看来时道。——[唐]王梵志《吾富有钱时》

白话文：写诗绘画不能只追求皮毛，要得其精髓。
古诗文：论画以形似，见与儿童邻。赋诗必此诗，定非知诗人。

——[宋]苏轼《书鄢陵王主簿所画折枝二首》

白话文：走马观花。
古诗文：画图省识春风面，环珮空归夜月魂。

——[唐]杜甫《咏怀古迹五首》

白话文：看你还能狂到哪一天。
古诗文：常将冷眼观螃蟹，看你横行得几时？——[明]冯梦龙《警世通言》

白话文：后生可畏呀！
古诗文：宣父犹能畏后生，丈夫未可轻年少。——[唐]李白《上李邕》

白话文：趋炎附势的小人。
古诗文：逐逐在势利，权势竞吹嘘。——[宋]詹初《有感》

白话文：你自己行不行，还没个数吗？
古诗文：何不以溺自照面，看做得三路运使无？

——[宋]程颢、程颐《二程外书》

白话文：不要把责任都推在一个人身上。
古诗文：西施若解倾吴国，越国亡来又是谁。——[唐]罗隐《西施》

白话文：物极必反，盛衰难料。
古诗文：江头宫殿锁千门，细柳新蒲为谁绿？——[唐]杜甫《哀江头》

白话文：不要得意忘形。
古诗文：君莫舞，君不见、玉环飞燕皆尘土！
——[宋] 辛弃疾《摸鱼儿·更能消几番风雨》

白话文：家家都有难念的经。
古诗文：谁家秋院无风入？何处秋窗无雨声？
——[清] 曹雪芹《代别离·秋窗风雨夕》

白话文：坐享其成应羞耻。
古诗文：陶尽门前土，屋上无片瓦。十指不沾泥，鳞鳞居大厦。
——[宋] 梅尧臣《陶者》

白话文：滥用权力酿祸端。
古诗文：三尺何时尸鼠辈，九霄一日失鹓行。
——[宋] 姜特立《韩子师朝路为小人无礼去国再来娶女》

白话文：越怕输越难赢。
古诗文：为者败之，执者失之。——[先秦] 老子《道德经》

白话文：人内心坦荡，说话坦率，内心畏缩的人则相反。
古诗文：直言不讳，君子有所恃，小人有所畏。
——[宋] 俞德邻《赞见沿海陈制置启》

白话文：一个糊涂虫。
古诗文：问以经济策，茫如坠烟雾。——[唐] 李白《嘲鲁儒》

白话文：说话要有理有据，意气用事只会招人埋怨。
古诗文：凡为人言者，理胜则事明，气忿则招拂。——［宋］朱熹《近思录》

白话文：出手不凡！
古诗文：此鸟不飞则已，一飞冲天；不鸣则已，一鸣惊人。
——［汉］司马迁《滑稽列传》

白话文：拍马屁的话，也不一定让明白人高兴。
古诗文：面谀之词，有识者未必悦心。——［清］金缨《格言联璧》

白话文：你听不了批评，周围便都是谄媚你的人。
古诗文：闻人毁己而怒，则誉己者至矣。
——［清］陈宏谋《从政遗规薛·薛文清公要语》

白话文：耗子趁猫死了，搅得人睡不好觉。
古诗文：秋来鼠辈欺猫死，窥瓮翻盘搅夜眠。——［宋］黄庭坚《乞猫》

白话文：专注艺术，蔑视权贵。
古诗文：诗万首，酒千觞。几曾着眼看侯王？——［宋］朱敦儒《鹧鸪天·西都作》

白话文：不劳而获。
古诗文：遍身罗绮者，不是养蚕人。——［宋］张俞《蚕妇》

白话文：值得关注时事，但我为什么要跟随你们呢？
古诗文：世事固堪论，我何随汝曹。——［宋］文天祥《第一百七十五》

26

机智地回话

白话文：小人自私自利，还说别人不好。
古诗文：小人计己私，颇复指他事。
　　　　　　——[宋]陆游《冬日读白集爱其贫坚志士节病长高人情之句作》

白话文：你少管闲事。
古诗文：似春水、干卿何事？——[清]龚自珍《金缕曲·癸酉秋出都述怀有赋》

白话文：年轻人一拨更比一拨强。
古诗文：新人新人听我语，洛阳无限红楼女。但愿将军重立功，更有新人胜于汝。　　　　　　——[唐]白居易《母别子》

白话文：有什么可横的？
古诗文：眼前道路无经纬，皮里春秋空黑黄。——[清]曹雪芹《螃蟹咏》

白话文：我不可能为了那点小利巴结那些小人。
古诗文：吾不能为五斗米折腰，拳拳事乡里小人邪！
　　　　　　——[唐]李延寿《晋书》

白话文：以人为本。
古诗文：地不知寒人要暖，少夺人衣作地衣。——[唐]白居易《红线毯》

白话文：小人得志。
古诗文：子系中山狼，得志便猖狂。——[清]曹雪芹《红楼梦》

朋友吐槽

白话文：不希望孩子有多聪明，只愿他平平安安地做大官。
古诗文：惟愿孩儿愚且鲁，无灾无难到公卿。——[宋]苏轼《洗儿戏作》

白话文：你懂个啥？
古诗文：稼穑艰难总不知，五帝三皇是何物。——[唐]贯休《少年行》

白话文：人生在世要有远大志向和追求。
古诗文：塞上纵归他日马，城东不斗少年鸡。
——[宋]苏轼《出狱次前韵二首》

白话文：自己不对却埋怨别人，这不是颠倒是非吗？
古诗文：身不善而怨人，不亦反乎？——[先秦]荀子《荀子》

白话文：不值得与你商量事儿。
古诗文：竖子不足与谋！——[汉]司马迁《史记》

白话文：父母为儿女操心费力，实在不容易。
古诗文：消得春风多少力，带将儿辈上青天。——[明]徐渭《风鸢图诗》

白话文：命运不公，屈才了。
古诗文：冯唐易老，李广难封。——[唐]王勃《滕王阁序》

白话文：你没得救了，说你干啥？
古诗文：朽木不可雕也，粪土之墙不可圬也，于予与何诛？——《论语》

白话文：贪利贪到家了。
古诗文：**鹌鹑嗉里寻豌豆，鹭鸶腿上劈精肉，蚊子腹内刳脂油。**

——《醉太平·讥贪小利者》

白话文：不要自觉老不中用，一切皆有可能。
古诗文：**门前流水尚能西！休将白发唱黄鸡。**

——[宋]苏轼《浣溪沙·游蕲水清泉寺》

白话文：你们不懂得农民的艰辛。
古诗文：**时人不识农家苦，将谓田中谷自生。**——[唐]颜仁郁《农家》

白话文：你们说我疯，我说你们蠢。
古诗文：**世人笑我忒疯颠，我咲世人看不穿。**——[明]唐寅《桃花庵歌》

白话文：处境不同，感受迥异。
古诗文：**但见新人笑，那闻旧人哭。**——[唐]杜甫《佳人》

白话文：你不要再啃老了。
古诗文：**硕鼠硕鼠，无食我黍！三岁贯女，莫我肯顾。**

——《诗经·国风·硕鼠》

白话文：和你没有共同语言。
古诗文：**燕雀安知鸿鹄之志？**——[汉]司马迁《史记》

白话文：自己没追求还嘲笑别人有梦想，真是可笑。
古诗文：扶摇不起沧溟远，笑杀鹏抟似尔难。——[宋]王令《纸鸢》

白话文：整天顾着穿着打扮，不务正业。
古诗文：斗鸡走狗家世事，抱来皆佩黄金鱼。——[唐]秦韬玉《贵公子行》

白话文：跟着别人瞎起哄。
古诗文：矮人看戏何曾见，都是随人说短长。——[清]赵翼《论诗五首》

白话文：平庸的人啥事不干，优秀的人听从安排。
古诗文：鼠辈坐敛手，豪杰趋指麾。——[宋]孙应时《读士元传》

白话文：万金难买是青春。
古诗文：百金买骏马，千金买美人；万金买高爵，何处买青春？
——[清]屈复《偶然作》

白话文：假模假式的人多得很，但也有聪明人是很低调的。
古诗文：朝真暮伪何人辨，古往今来底事无。但爱臧生能诈圣，可知宁子解佯愚。
——[唐]白居易《放言五首》

白话文：你没日没夜积攒钱财，到头来还是一场空。
古诗文：无明夜攒金银，都做充饥画饼。——《梧叶儿·嘲贪汉》

白话文：铁哥们儿没有，就有几个实在朋友。
古诗文：虽无刎颈交，却有忘机友。——[元]白朴《沉醉东风·渔夫》

机智地回话

白话文：人生的路，难得很。
古诗文：江头未是风波恶，别有人间行路难。

——[宋]辛弃疾《鹧鸪天·送人》

白话文：没本事的人，反倒活得逍遥自在。
古诗文：方知不材者，生长漫婆娑。——[唐]杜甫《恶树》

白话文：守住初心不容易。
古诗文：靡不有初，鲜克有终。——《诗经·大雅·荡》

白话文：流言止于智者。
古诗文：逢人不说人间事，便是人间无事人。——[唐]杜荀鹤《赠质上人》

白话文：把你巴结大官的本事用在孝顺老人身上，你早就是大孝子了。
古诗文：小官事大官，曲意逢其喜。事亲能若此，岂不成孝子。

——[明]董应举《杂作》

白话文：名利也不一定是好东西。
古诗文：莫言名与利，名利是身仇。——[唐]杜牧《不寝》

白话文：只知享乐，不知稼穑之难。
古诗文：花下一禾生，去之为恶草。——[唐]聂夷中《公子家》

白话文：只知道嘲笑别人，却不知自己有错。
古诗文：但知笑他人，不觉自己非。——[宋]刘过《同许从道游涵碧亭》

情侣斗嘴

白话文：有种的站出来。
古诗文：十四万人齐解甲，更无一个是男儿！——[五代]花蕊夫人《述国亡诗》

白话文：我好失望啊！
古诗文：燕婉之求，蘧篨不鲜。——《诗经·国风·新台》

白话文：只许你做，别人就不行。
古诗文：只许州官放火，不许百姓点灯。——[宋]陆游《老学庵笔记》

白话文：你打动不了我。
古诗文：万缕千丝终不改，任他随聚随分。

——[清]曹雪芹《临江仙·柳絮》

白话文：君子和小人有天壤之别。
古诗文：君子佐休明，小人事蓬蒿。——[唐]岑参《巩北秋兴寄崔明允》

白话文：罪大恶极。
古诗文：擢发赎罪，罪乃孔多。倾海流恶，恶无以过。

——[唐]李白《雪谗诗赠友人》

白话文：你是我的唯一。
古诗文：唯有牡丹真国色，花开时节动京城。——[唐]刘禹锡《赏牡丹》

机智地回话

白话文：只有假的才需要伪装。
古诗文：假金方用真金镀，若是真金不镀金。——[唐]李绅《答章孝标》

白话文：我出力不小，又有谁来心疼呢？
古诗文：耕犁千亩实千箱，力尽筋疲谁复伤？——[宋]李纲《病牛》

白话文：不要攀比。
古诗文：看人骑白马，唤狗作乌龙。——[元]王冕《龌龊》

白话文：简直是无法无天了！
古诗文：若无三尺齐民律，旷野何人是长雄。——[宋]王洋《两小人相凌》

白话文：太难打交道了。
古诗文：唯女子与小人为难养也，近之则不逊，远之则怨。——《论语》

白话文：和你聊不到一块儿。
古诗文：井蛙不可以语于海者，拘于虚也；夏虫不可以语于冰者，笃于时也。——[先秦]庄子《庄子》

白话文：多情却被无情恼。
古诗文：五更疏欲断，一树碧无情。——[唐]李商隐《蝉》

白话文：画的大饼不充饥。
古诗文：堪笑牡丹如斗大，不成一事又空枝。——[宋]王溥《咏牡丹》

白话文：绣花枕头，中看不中用。

古诗文：纵然生得好皮囊，腹内原来草莽。——[清] 曹雪芹《红楼梦》

白话文：你这个老不死的！

古诗文：尔何知！中寿，尔墓之木拱矣！——[先秦] 左丘明《左传》

白话文：你的歌声太感人了。

古诗文：齐纨未足时人贵，一曲菱歌敌万金。——[唐] 张籍《酬朱庆馀》

白话文：你走了，我会非常想念的！

古诗文：海阔山遥，未知何处是潇湘。——[宋] 柳永《玉蝴蝶·望处雨收云断》

白话文：他至死都还不明白。

古诗文：若石知其一而不知其二，其死也宜。——[明] 刘基《若石之死》

白话文：听你们的坏话都习惯了，无所谓了。

古诗文：惯听小子嘲师语，懒作痴人骂鬼书。

——[宋] 刘克庄《小园即事五首》

白话文：几家欢乐几家愁。

古诗文：桑条无叶土生烟，箫管迎龙水庙前。朱门几处看歌舞，犹恐春阴咽管弦。——[唐] 李约《观祈雨》

白话文：等着吧，迟早会遭报应的。

古诗文：多行不义必自毙！——[先秦] 左丘明《郑伯克段于鄢》

机智地回话

白话文：我没有什么能耐。
古诗文：**百无一用是书生。**——[清]黄景仁《杂感》

白话文：说好的又变卦了，真不是人。
古诗文：**非人哉？人期行，相委而去。**——[南朝宋]刘义庆《陈太丘与友期行》

白话文：我的痛苦，无人能懂。
古诗文：**世间无限丹青手，一片伤心画不成。**——[唐]高蟾《金陵晚望》

白话文：不怕贼偷，就怕贼惦记。
古诗文：**六月禾未秀，官家已修仓。**——[唐]聂夷中《田家》

白话文：你是个轻佻浮薄的人！
古诗文：**颠狂柳絮随风去，轻薄桃花逐水流。**——[唐]杜甫《绝句漫兴九首》

白话文：太不公平了！
古诗文：**健儿无粮百姓饥，谁遣朝朝入君口。**——[唐]曹邺《官仓鼠》

白话文：凡人自有凡人的幸福。
古诗文：**城中桃李愁风雨，春在溪头荠菜花。**
——[宋]辛弃疾《鹧鸪天·陌上柔桑破嫩芽》

回敬喷子

白话文：没脸没皮。
古诗文：相鼠有皮，人而无仪！人而无仪，不死何为？
——《诗经·国风·相鼠》

白话文：交友要慎。
古诗文：凡铜不可照，小人多是非。——[唐]孟郊《结交》

白话文：不把别人放在眼里。
古诗文：靡圣管管，不实于亶。——《诗经·大雅·板》

白话文：能叫的不一定是好狗，会说的不一定是好人。
古诗文：狗不以善吠为良，人不以善言为贤。——[先秦]庄子《庄子》

白话文：人无知识是马牛，文人无耻如猪狗。
古诗文：人不通古今，襟裾马牛；士不晓廉耻，衣冠狗彘。
——[明]陈继儒《小窗幽记》

白话文：君子不和小人计较。
古诗文：君子何尝去小人，小人如草去还生。
——[宋]张九成《论语绝句一百首》

白话文：小人之心深不可测。
古诗文：大海波涛浅，小人方寸深。——[唐]杜荀鹤《感寓》

白话文： 不揪人的小辫子，就会养德避害。

古诗文： 不责人小过，不发人阴私，不念人旧恶，三者可以养德，亦可以远害。

——[明]洪应明《菜根谭》

白话文：不还骂，他就是骂自己。
古诗文：**侮人还自侮，说人还自说。**——[明]冯梦龙《警世通言》

白话文：面对诽谤之言，不暴不躁。
古诗文：**闻誉而说谓之躁，闻毁而怒谓之暴。**——[宋]崔敦礼《刍言》

白话文：世间只有我明白。
古诗文：**举世皆浊我独清，众人皆醉我独醒。**——[先秦]屈原《渔父》

白话文：你不知我，我也不在乎。
古诗文：**人不知而不愠，不亦君子乎？**——《论语》

白话文：包子有馅不在褶上。
古诗文：**大音希声，大象无形。**——[先秦]老子《道德经》

白话文：君子心宽，小人难过。
古诗文：**君子坦荡荡，小人长戚戚。**——《论语》

白话文：孤陋寡闻了吧？
古诗文：**南方有鸟，其名为鹓鶵，子知之乎？**——[先秦]庄子《惠子相梁》

白话文：好狡辩的人不是善茬。
古诗文：**善者不辩，辩者不善。**——[先秦]老子《道德经》

机智地回话

白话文：一盏小灯，也能震慑老鼠。
古诗文：一灯何可暗，鼠辈将肆行。——[元]方回《夜思》

白话文：正义不会缺席。
古诗文：人恶人怕天不怕，人善人欺天不欺。——《增广贤文》

白话文：君子公平不结伙，小人结伙为谋私。
古诗文：君子周而不比，小人比而不周。——《论语》

白话文：傻的不傻，精的不精。
古诗文：饶人不是痴汉，痴汉不会饶人。——《增广贤文》

白话文：说话不公正，不如不说为好。
古诗文：言不持正，论如其已。——[南朝齐]刘勰《文心雕龙》

白话文：真阴险！
古诗文：太行之路能摧车，若比人心是坦途。巫峡之水能覆舟，若比人心是安流。——[唐]白居易《太行路》

白话文：真是胆大包天！
古诗文：可怜鼠辈殊轻敌，乃敢堂堂捋虎须。——[宋]王之道《对雪和因老韵》

白话文：对那类畜生，不值得一提。
古诗文：庸贾狗鼠辈，龌龊无足观。——[宋]释文珦《纪事》

白话文：懒得搭理这种小人。
古诗文：**斗筲之人，何足算也！**——《论语》

白话文：一辈子不招人待见。
古诗文：**幼而不孙弟，长而无述焉，老而不死，是为贼！**——《论语》

白话文：小人就图个嘴上痛快。
古诗文：**小人利口实，薄俗难可论。**——[唐]杜甫《示从孙济》

白话文：玩火者自焚。
古诗文：**祸出者祸反，恶人者，人亦恶之。**——[汉]刘向《新书》

白话文：对人的态度急躁严厉，总自以为是，这就是偏激。
古诗文：**疾言厉色，是己非人，是激也。**——[明]吕坤《呻吟语》

白话文：庸俗、吝啬的人肯定成不了大材。
古诗文：**鄙吝者必非大器。**——[清]蒲松龄《聊斋志异》

白话文：自作多情惹烦恼。
古诗文：**笑渐不闻声渐悄，多情却被无情恼。**——[宋]苏轼《蝶恋花·春景》

白话文：天下无能、不孝数他第一，大家可别学他。
古诗文：**天下无能第一，古今不肖无双。寄言纨绔与膏粱，莫效此儿形状。**
　　　　　　　　　　　　　　——[清]曹雪芹《红楼梦》

机智地回话

白话文： 小时候聪明，长大未必出众，想必你小时候特聪明吧？
古诗文： 韪曰："小时了了，大未必佳。"文举曰："想君小时，必当了了。"
——[南朝宋]刘义庆《世说新语》

白话文： 说翻脸就翻脸的小人实在太多了。
古诗文： 翻手作云覆手雨，纷纷轻薄何须数。——[唐]杜甫《贫交行》

白话文： 小人要钱不要命，还会在意别人说他？
古诗文： 小人无耻，重利轻死。不畏人诛，岂顾物议。
——[宋]邵雍《小人吟》

白话文： 小人唯利是图。
古诗文： 小人无节，弃本逐末。喜思其与，怒思其夺。
——[宋]邵雍《小人吟》

白话文： 即使有人诽谤自己，我也不会生气或者发怒。
古诗文： 人或谤詈，无嗔怒心。——[清]纪昀《阅微草堂笔记》

白话文： 你孤陋寡闻而且没文化，和你没什么道理可讲。
古诗文： 曲士不可以语于道者，束于教也。——[先秦]庄子《庄子》

高情商地沟通

拒绝篇

白话文：兜里揣着一文钱，怕人瞧不起。
古诗文：囊空恐羞涩，留得一钱看。——[唐]杜甫《空囊》

白话文：穷得叮当响。
古诗文：柴米油盐酱醋茶，般般都在别人家。——[明]唐寅《除夕口占》

白话文：能喝上粥就不错了。
古诗文：一客覆羹真小事，举家食粥已多时。——[宋]刘克庄《即事二首》

白话文：没有多少家当。
古诗文：借车载家具，家具少于车。——[唐]孟郊《借车》

白话文：我囊中羞涩，就用水代酒敬你一杯吧。
古诗文：送行无酒亦无钱，劝尔一杯菩萨泉。
——[宋]苏轼《武昌酌菩萨泉送王子立》

白话文：没有什么好招待的，请多包涵。
古诗文：盘飧市远无兼味，樽酒家贫只旧醅。——[唐]杜甫《客至》

白话文：只能悦己，给不了你。

古诗文：只可自怡悦，不堪持赠君。

——[南北朝] 陶弘景《诏问山中何所有赋诗以答》

白话文：肚子里没有油水了。

古诗文：只把鱼暇充两膳，肚皮今作小池塘。

——[宋] 高公泗《吴中羊肉价高有感》

白话文：我渐渐忘了你。

古诗文：渐行渐远渐无书，水阔鱼沉何处问。

——[宋] 欧阳修《玉楼春·别后不知君远近》

白话文：难得有个下雨天，让我在家睡个安稳觉吧！

古诗文：人生难得秋前雨，乞我虚堂自在眠。

——[宋] 姜夔《平甫见招不欲往》

白话文：我本嗜酒如命，如今喝多了就满心悲戚。

古诗文：谁料平生狂酒客，如今变作酒悲人。——[唐] 白居易《答劝酒》

白话文：我内心忧愁，喝酒只会平添愁绪。

古诗文：抽刀断水水更流，举杯消愁愁更愁。

——[唐] 李白《宣州谢朓楼饯别校书叔云》

白话文：哥儿几个，我还是不去了，在家老实待着吧！

古诗文：只应守寂寞，还掩故园扉。——[唐] 孟浩然《留别王侍御维》

白话文：我空着手找人办事，免得被人在背后说三道四。
古诗文：清风两袖朝天去，免得闾阎话短长。——[明]于谦《入京》

白话文：你的好意我心领了，可这礼不能收。
古诗文：感君情重还君赠，不畏人知畏己知。——[清]叶存仁《无题》

白话文：我已锁上心门，谢谢你的爱意，可惜你我没有缘分。
古诗文：萧条庭院，又斜风细雨，重门须闭。——[宋]李清照《念奴娇·春情》

白话文：我才不做一个"书呆子"。
古诗文：宁为百夫长，胜作一书生。——[唐]杨炯《从军行》

白话文：人家有情，你却无意。
古诗文：落花有意随流水，流水无情恋落花。——[明]冯梦龙《警世通言》

白话文：曾经遇见过你，其他人都是陪衬。
古诗文：曾经沧海难为水，除却巫山不是云。

——[唐]元稹《离思五首·其四》

白话文：我已水泥封心，不会再爱。
古诗文：禅心已作沾泥絮，不逐春风上下狂。——[宋]道潜《口占绝句》

白话文：我要修行学习，暂不谈恋爱。
古诗文：禅心竟不起，还捧旧花归。——[唐]皎然《答李季兰》

白话文：放下过往，珍惜、关怀身边人吧！
古诗文：还将旧来意，怜取眼前人。——[元]王实甫《西厢记》

白话文：我们有缘无分。
古诗文：还君明珠双泪垂，恨不相逢未嫁时。
——[唐]张籍《节妇吟寄东平李司空师道》

白话文：我们不是一路人，在一起真的不合适。
古诗文：鸥鹭鸳鸯作一池，须知羽翼不相宜。——[宋]朱淑真《愁怀》

白话文：我们都有家室，不可太过亲近。
古诗文：使君自有妇，罗敷自有夫。——[汉]汉乐府《陌上桑》

白话文：即使不能相爱相守，你在我心中仍是高洁无比。
古诗文：兰之猗猗，扬扬其香。不采而佩，于兰何伤。
——[唐]韩愈《猗兰操》

白话文：人还是故交好。
古诗文：荧荧白兔，东走西顾。衣不如新，人不如故。——《古艳歌》

白话文：爱已成往事，以后各自安好。
古诗文：罗带同心结未成，江边潮已平。——[宋]林逋《长相思·吴山青》

白话文：你把对我的那一腔心意，送给其他人吧！
古诗文：将你从前与我心，付与他人可。——[宋]谢直《卜算子·赠妓》

在白话里邂逅古诗文

白话文： 你意气风发，而我内心空虚。
古诗文： 君意如鸿高的的，我心悬旆正摇摇。
——[唐]杜牧《宣州送裴坦判官往舒州时牧欲赴官归京》

白话文： 你我注定无缘，无法在一起。
古诗文： 世间花叶不相伦，花入金盆叶作尘。——[唐]李商隐《赠荷花》

白话文： 你我门第悬殊，此生无缘！
古诗文： 侯门一入深如海，从此萧郎是路人。——[唐]崔郊《赠去婢》

白话文： 我们就当什么事情也没发生，以后不要再联系了。
古诗文： 此后锦书休寄，画楼云雨无凭。
——[宋]晏几道《清平乐·留人不住》

白话文： 你追谁都行，就是别追我。
古诗文： 枝上柳绵吹又少，天涯何处无芳草。——[宋]苏轼《蝶恋花·春景》

白话文： 你很好，是我配不上你。
古诗文： 感郎千金意，惭无倾城色。——[晋]孙绰《碧玉歌》

白话文： 咱俩志向不同，就别在一起筹谋、合作了。
古诗文： 道不同，不相为谋。——《论语》

理解篇

白话文：我懂你临别赠言的言外之意。
古诗文：**临别殷勤重寄词，词中有誓两心知。**——[唐]白居易《长恨歌》

白话文：我想你，此刻你应该也在想我吧！
古诗文：**空山松子落，幽人应未眠。**——[唐]韦应物《秋夜寄邱员外》

白话文：永远在一起！
古诗文：**花不尽，月无穷。两心同。**——[宋]张先《诉衷情·花前月下暂相逢》

白话文：我懂你！
古诗文：**同是天涯沦落人，相逢何必曾相识！**——[唐]白居易《琵琶行》

白话文：以你的才华，迟早会声名远播的。
古诗文：**莫愁前路无知己，天下谁人不识君。**——[唐]高适《别董大二首》

白话文：我们都是生活中不如意的人。
古诗文：**我未成名卿未嫁，可能俱是不如人。**——[唐]罗隐《赠妓云英》

白话文：只有我懂你是多么有才华。
古诗文：**世人皆欲杀，吾意独怜才。**——[唐]杜甫《不见》

白话文：我们志同道合，会是一辈子的好兄弟。
古诗文：**京华结交尽奇士，意气相期共生死。**——[宋]陆游《金错刀行》

白话文：你为了欢迎我，搞这么隆重的排场，十分感谢。
古诗文：**知君为我新作，窗户湿青红。**

——［宋］苏轼《水调歌头·黄州快哉亭赠张偓佺》

白话文：我心里一直记得你的好。
古诗文：**顾我无衣搜荩箧，泥他沽酒拔金钗。**

——［唐］元稹《遣悲怀三首》

白话文：交心好友，距离不是事。
古诗文：**海内存知己，天涯若比邻。**——［唐］王勃《送杜少府之任蜀州》

白话文：挚友不分远近。
古诗文：**相知无远近，万里尚为邻。**——［唐］张九龄《送韦城李少府》

白话文：人生贵在相知，谈金钱就没意思了。
古诗文：**人生贵相知，何必金与钱？**——［唐］李白《赠友人三首》

白话文：我知道你的心意，我送你同心结，也是表明我的情意。
古诗文：**揽草结同心，将以遗知音。**——［唐］薛涛《春望词四首》

白话文：还是你活得潇洒自在，不追名逐利，没什么可操心的。
古诗文：**多少长安名利客，机关用尽不如君。**——［宋］黄庭坚《牧童诗》

白话文：愿我们如天上的星月一样，彼此照亮。
古诗文：**愿我如星君如月，夜夜流光相皎洁。**——［宋］范成大《车遥遥篇》

白话文：所见略同。

古诗文：明月好同三径夜，绿杨宜作两家春。

——[唐]白居易《欲与元八卜邻先有是赠》

白话文：人生相交，贵在投缘。

古诗文：人生交契无老少，论交何必先同调。——[唐]杜甫《徒步归行》

白话文：月亮代表我的心。

古诗文：我寄愁心与明月，随君直到夜郎西。

——[唐]李白《闻王昌龄左迁龙标遥有此寄》

白话文：知道我想你，梦中来和我相见。

古诗文：故人入我梦，明我长相忆。——[唐]杜甫《梦李白二首》

白话文：你与我情趣相得，脾性相投。

古诗文：我见青山多妩媚，料青山见我应如是。

——[宋]辛弃疾《贺新郎·甚矣吾衰矣》

白话文：你我差别大，心灵却相通。

古诗文：君马黄，我马白。马色虽不同，人心本无隔。

——[唐]李白《君马黄》

白话文：别老是哀叹了，振作起来吧！

古诗文：休对故人思故国，且将新火试新茶。诗酒趁年华。

——[宋]苏轼《望江南·超然台作》

白话文:为什么不幸的那个人是你?
古诗文:冠盖满京华,斯人独憔悴。——[唐]杜甫《梦李白二首》

白话文:壮志未酬人已去,怎不叫人悲痛?
古诗文:出师未捷身先死,长使英雄泪满襟。——[唐]杜甫《蜀相》

白话文:真爱无关距离。
古诗文:两情若是久长时,又岂在朝朝暮暮。

——[宋]秦观《鹊桥仙·纤云弄巧》

白话文:一枝梅花表寸心。
古诗文:江南无所有,聊赠一枝春。——[北魏]陆凯《赠范晔诗》

白话文:人老情更浓。
古诗文:情于故人重,迹共少年疏。——[唐]白居易《咏老赠梦得》

白话文:年轻时爱交友,现在只想跟老友腻在一块儿。
古诗文:少年乐新知,衰暮思故友。

——[唐]韩愈《除官赴阙至江州寄鄂岳李大夫》

赞美篇

白话文：你的造访，使周围的山水都明媚起来。
古诗文：我见君来，顿觉吾庐，溪山美哉。

——［宋］辛弃疾《沁园春·和吴尉子似》

白话文：一次相见，终生难忘。
古诗文：万人丛中一握手，使我衣袖三年香。

——［清］龚自珍《投宋于庭翔凤》

白话文：你才华横溢，文思敏捷，令人佩服。
古诗文：下笔千言，倚马可待。——［明］东鲁古狂生《醉醒石》

白话文：芸芸众生中，数你最风流！
古诗文：满堂花醉三千客，一剑霜寒十四州。——［唐］贯休《献钱尚父》

白话文：你一看就是圣明的人。
古诗文：圣人原未御，目力寿徵多。——［清］阮元《御试赋得眼镜》

白话文：世上像你这样正直、高洁的人真是少见。
古诗文：直如朱丝绳，清如玉壶冰。——［南朝宋］鲍照《代白头吟》

白话文：一看你这气质就知道绝非凡夫俗子。
古诗文：公子只应见画，此中我独知津。写到水穷天杪，定非尘土间人。

——［宋］苏轼《失题三道》

白话文：姑娘美艳如花，长得真好看。
古诗文：名花倾国两相欢，长得君王带笑看。——[唐]李白《清平调》

白话文：光明磊落，重情重义。
古诗文：照人胆似秦时月，送我情如岭上云。
——[清]龚自珍《己亥杂诗》

白话文：你的心态真好，什么事都干扰不了你。
古诗文：此时情绪此时天。无事小神仙。——[宋]周邦彦《喜迁莺·梅雨霁》

白话文：你的眼神真是迷人，看一眼就让人丢了魂。
古诗文：最是周郎顾。尊前几度歌声误。——[宋]辛弃疾《惜分飞·春思》

白话文：山里的生活真好啊。
古诗文：山中莫道无供给，明月清风不用钱。——[明]王守仁《题灌山小隐二觉》

白话文：你的心态真好，外界一点都干扰不到你。
古诗文：无波真古井，有节是秋筠。——[宋]苏轼《临江仙·送钱穆父》

白话文：你的眼睛比那一千斛明珠还明亮。
古诗文：一寸秋波，千斛明珠觉未多。——[宋]晏几道《采桑子》

白话文：个个都是秀外慧中。
古诗文：诸生个个王恭柳，从事人人庾杲莲。
——[唐]李商隐《行至金牛驿寄兴元渤海尚书》

白话文：技艺高超无比！
古诗文：此曲只应天上有，人间能得几回闻。——[唐]杜甫《赠花卿》

白话文：你才华出众，领导力非凡。
古诗文：伯仲之间见伊吕，指挥若定失萧曹。

——[唐]杜甫《咏怀古迹五首》

白话文：那么多人仰慕你，当然也包括我。
古诗文：清风多仰慕，吾亦尔知音。——[唐]李颀《题少府监李丞山池》

白话文：你不仅思维敏捷，情感丰富，表达能力还强，实在厉害。
古诗文：思风发于胸臆，言泉流于唇齿。——[晋]陆机《文赋》

白话文：你静如娇花照水，动似柳枝摇摆，真好看。
古诗文：闲静似娇花照水，行动如弱柳扶风。——[清]曹雪芹《红楼梦》

白话文：你不仅容貌美丽，而且举止优雅、仪态万千。
古诗文：纤纤作细步，精妙世无双。——[汉]汉乐府《孔雀东南飞》

白话文：如此天姿国色，不是飘飘的仙子，就是月下的神女。
古诗文：若非群玉山头见，会向瑶台月下逢。——[唐]李白《清平调》

白话文：为了你我甘愿在相思的苦海中憔悴一生。
古诗文：衣带渐宽终不悔，为伊消得人憔悴。

——[宋]柳永《蝶恋花·伫倚危楼风细细》

白话文：你真厉害，随便说一两句话就能给人鼓舞和启发。
古诗文：杯水能令重百钧，阿师心法妙通神。
——[宋]李弥逊《调奉承天超公法师作二首》

白话文：你的身材刚刚好，增减一分都不行。
古诗文：增之一分则太长，减之一分则太短。
——[先秦]宋玉《登徒子好色赋》

白话文：你的眉毛细长而弯曲，头发黑亮而浓密，真是迷人。
古诗文：翠眉开、娇横远岫，绿鬓軃、浓染春烟。
——[宋]柳永《玉蝴蝶·其四》

白话文：你作风正派，行事光明磊落。
古诗文：拳头上立得人起，臂膊上走得马过。——[明]冯梦龙《醒世恒言》

白话文：美得令人心惊，美得让人胆颤。
古诗文：不堤防沉鱼落雁鸟惊喧，则怕的羞花闭月花愁颤。
——[明]汤显祖《牡丹亭》

白话文：您桃李满天下，哪里用得着再种花？
古诗文：令公桃李满天下，何用堂前更种花。
——[唐]白居易《奉和令公绿野堂种花》

白话文：遇见你，是我莫大的幸福。
古诗文：金风玉露一相逢，便胜却人间无数。
——[宋]秦观《鹊桥仙·纤云弄巧》

道歉篇

白话文：老是觉得过意不去。
古诗文：念此私自愧，尽日不能忘。——[唐]白居易《观刈麦》

白话文：知错必改。
古诗文：悔相道之不察兮，延伫乎吾将反。——[先秦]屈原《离骚》

白话文：世上买不到后悔药。
古诗文：早知今日事，悔不慎当初。——[宋]释普宁《偈颂二十一首》

白话文：想起他们我就深感惭愧。
古诗文：念彼深可愧，自问是何人。——[唐]白居易《村居苦寒》

白话文：希望能再给我一次改正错误的机会。
古诗文：但恨多谬误，君当恕醉人。——[晋]陶渊明《饮酒·二十》

白话文：感激不尽。
古诗文：甚愧丈人厚，甚知丈人真。——[唐]杜甫《奉赠韦左丞丈二十二韵》

白话文：我瞧不起那些混子，请原谅我喝了酒。
古诗文：我亦轻余子，君当恕醉人。——[宋]陆游《醉书》

白话文：后悔晚矣！
古诗文：一失足成千古恨，再回头是百年身。——[清]魏秀仁《花月痕》

白话文：我颓废了这么久，幸好你总来看我，实在令我自愧难忍。
古诗文：以我独沉久，愧君相见频。——[唐]司空曙《喜外弟卢纶见宿》

白话文：我知道错了，现在肠子都悔青了。
古诗文：嫦娥应悔偷灵药，碧海青天夜夜心。——[唐]李商隐《嫦娥》

白话文：我没有帮上忙，实在对不起。
古诗文：我有素餐责，诚愧伐檀人。——[汉]王粲《从军诗五首》

白话文：我知道现在已经追悔莫及了，但我还是诚心请求你的原谅。
古诗文：枯鱼过河泣，何时悔复及。——《枯鱼过河泣》

白话文：早知道读书这么重要，当初就不应该任性胡为。
古诗文：早知今日读书是，悔作从来任侠非。
——[唐]李颀《杂曲歌辞·缓歌行》

白话文：我太愚蠢了，连我自己都无法原谅自己。
古诗文：衔恩省咎到骨髓，万罪一愚难自恕。——[宋]郑刚中《自讼》

白话文：原谅我之前的过错吧，最近老生病，想必是遭报应了。
古诗文：少恕予何。近日衰翁病觉多。——[宋]沈瀛《减字木兰花》

白话文：实在抱歉，最近工作实在太忙，不能参加聚会。
古诗文：经营诚少暇，游宴固已歉。
——[唐]韩愈《陪杜侍御游湘西两寺独宿有题一首，因献杨常侍》

开场篇

白话文：只要主人能让宾客喝得尽兴就可以。
古诗文：但使主人能醉客，不知何处是他乡。——[唐]李白《客中行》

白话文：天快黑了，大雪将至，能否一顾寒舍共饮一杯暖酒？
古诗文：晚来天欲雪，能饮一杯无？——[唐]白居易《问刘十九》

白话文：那些圣贤人物都终将被冷落，只有饮酒的豪客能留传美名。
古诗文：古来圣贤皆寂寞，惟有饮者留其名。——[唐]李白《将进酒》

白话文：今晚要畅饮，在酒杯前就不要谈论明天的事情了。
古诗文：劝君今夜须沉醉，尊前莫话明朝事。
——[唐]韦庄《菩萨蛮·劝君今夜须沉醉》

白话文：凡事要想得开。
古诗文：今朝有酒今朝醉，明日愁来明日愁。——[唐]罗隐《自遣》

白话文：让我们尽情饮酒，趁着明媚春光与妻儿一同返回家乡。
古诗文：白日放歌须纵酒，青春作伴好还乡。
——[唐]杜甫《闻官军收河南河北》

白话文：今天不醉不归。

古诗文：一生大笑能几回，斗酒相逢须醉倒。

——[唐]岑参《凉州馆中与诸判官夜集》

白话文：有花有酒就十分惬意，虽夜无灯烛，有明月照耀就足够亮。

古诗文：有花有酒春常在，无烛无灯夜自明。——[清]蒲松龄《聊斋志异》

白话文：想起咱俩以前一起喝酒的时光。

古诗文：桃李春风一杯酒，江湖夜雨十年灯。——[宋]黄庭坚《寄黄几复》

白话文：请贵客们开怀畅饮，不辜负主人一片心意！

古诗文：上客不用顾金羁，主人有酒君莫违。——[唐]张籍《宴客词》

白话文：酒宴上，让我们一边喝酒一边高歌。

古诗文：春日宴，绿酒一杯歌一遍。——[五代]冯延巳《长命女·春日宴》

白话文：让我们畅饮美酒，闲谈一二。

古诗文：开轩面场圃，把酒话桑麻。——[唐]孟浩然《过故人庄》

白话文：今天酒肉管够，大家尽情畅饮。

古诗文：烹羊宰牛且为乐，会须一饮三百杯。——[唐]李白《将进酒》

白话文：喝杯酒吧，安慰一下自己。

古诗文：慨当以慷，忧思难忘。何以解忧？唯有杜康。

——[汉]曹操《短歌行》

白话文：今天大家就痛快地喝酒。
古诗文：**人生有酒须当醉，一滴何曾到九泉。**——[宋]高翥《清明日对酒》

白话文：与朋友相逢，彼此意气相投，便为你开怀畅饮。
古诗文：**相逢意气为君饮，系马高楼垂柳边。**——[唐]王维《少年行四首》

白话文：朋友间难得见了面，不如痛快地一起畅饮、说笑。
古诗文：**一壶浊酒喜相逢。古今多少事，都付笑谈中。**
——[明]杨慎《临江仙·滚滚长江东逝水》

白话文：今日难得相聚，让我们把酒狂欢。
古诗文：**尊酒相逢，乐事回头一笑空。**
——[宋]苏轼《采桑子·润州多景楼与孙巨源相遇》

白话文：喝酒钓鱼太快活了！
古诗文：**一壶酒，一竿身，快活如侬有几人。**
——[南唐]李煜《渔父·浪花有意千里雪》

白话文：想起往日，无限感慨，虽然分离多年，旧事却如昨日般清晰。
古诗文：**一尊酒，黄河侧。无限事，从头说。**
——[宋]苏轼《满江红·怀子由作》

白话文：只希望对着酒杯放歌之时，月光能长久地照在酒杯里。
古诗文：**唯愿当歌对酒时，月光长照金樽里。**
——[唐]李白《把酒问月·故人贾淳令予问之》

从容地应酬

白话文：相逢便是缘，喝完这顿酒，咱们就是朋友。

古诗文：一杯相属成知己，何必平生是故人。——[明]高启《逢张架阁》

白话文：值此良辰美景，让我们把酒言欢，尽情享受。

古诗文：清夜无尘，月色如银。酒斟时、须满十分。

——[宋]苏轼《行香子·述怀》

白话文：忘掉生活中的琐碎，就只剩下酒和诗了。

古诗文：百事尽除去，尚馀酒与诗。——[唐]白居易《对酒闲吟赠同老者》

白话文：知心朋友相聚，当然要开怀痛饮了。

古诗文：知音三五人，痛饮何妨碍？醉袍袖舞嫌天地窄。

——[元]贯云石《清江引·弃微名去来心快哉》

白话文：酒能解百忧。

古诗文：愁来饮酒二千石，寒灰重暖生阳春。——[唐]李白《江夏赠韦南陵冰》

白话文：一切尽在酒中。

古诗文：秋风倦客，一杯情话，为君倾倒。

——[元]王恽《水龙吟·送焦和之赴西夏行省》

白话文：鲜花初绽，美酒相伴，没有比这更让人开心的事情了。

古诗文：幸遇三杯酒好，况逢一朵花新。

——[宋]朱敦儒《西江月·世事短如春梦》

白话文：风光正好，让我们尽情喝酒。
古诗文：报答春光知有处，应须美酒送生涯。
——[唐]杜甫《江畔独步寻花七绝句》

白话文：意见相合，千杯嫌少。
古诗文：酒逢知己千杯少。——《明贤集》

白话文：花开时节，我们一起喝酒。
古诗文：花时同醉破春愁，醉折花枝作酒筹。
——[唐]白居易《同李十一醉忆元九》

白话文：我备有美酒，请宴请嘉宾一同尽情宴饮。
古诗文：我有旨酒，嘉宾式燕以敖。——《诗经·小雅·鹿鸣》

白话文：大家难得相见，今日相聚，让我们共话情谊！
古诗文：人生不相见，动如参与商。今夕复何夕，共此灯烛光。
——[唐]杜甫《赠卫八处士》

白话文：今日大家相见欢笑如昨，只是鬓染霜色，可叹岁月匆匆啊！
古诗文：欢笑情如旧，萧疏鬓已斑。——[唐]韦应物《淮上喜会梁州故人》

祝酒篇

白话文：人生得意就要尽情享受，不要让金杯无酒空对明月。
古诗文：人生得意须尽欢，莫使金樽空对月。——[唐]李白《将进酒》

白话文：听了您的话，很激励，干杯！
古诗文：今日听君歌一曲，暂凭杯酒长精神。
——[唐]刘禹锡《酬乐天扬州初逢席上见赠》

白话文：我痛饮美酒，胆气更为豪壮。两鬓发白，这又有何妨？
古诗文：酒酣胸胆尚开张。鬓微霜，又何妨！
——[宋]苏轼《江城子·密州出猎》

白话文：相逢时不能一醉方休，难道要等分别之后再来遗憾吗？
古诗文：相逢不令尽，别后为谁空。——[唐]王绩《过酒家五首》

白话文：先干三杯！
古诗文：劝君一盏君莫辞，劝君两盏君莫疑，劝君三盏君始知。
——[唐]白居易《劝酒》

白话文：别想太多，先喝酒。
古诗文：身后堆金拄北斗，不如生前一樽酒。——[唐]白居易《劝酒》

白话文：不喝酒，大家怎么能畅所欲言呢？
古诗文：若非杯酒里，何以寄天真。——[唐]李敬方《劝酒》

白话文：我敬你一杯，你可不要推辞。
古诗文：劝君金屈卮，满酌不须辞。——［唐］于武陵《劝酒》

白话文：我敬你一杯，你可要开心一点。
古诗文：酌酒与君君自宽，人情翻覆似波澜。——［唐］王维《酌酒与裴迪》

白话文：别怪兄弟总劝酒，毕竟分别后，见面太难了，干杯！
古诗文：莫怪坐来频劝酒，自从别后见君稀。
——［宋］释心月《偈颂一百五十首》

白话文：老朋友请你再喝一杯，下次再相聚不知道是什么时候了。
古诗文：劝君更尽一杯酒，西出阳关无故人。——［唐］王维《送元二使安西》

白话文：我劝你将酒杯斟满，听我吟唱这狂放不羁的歌词。
古诗文：劝君酒杯满，听我狂歌词。——［唐］白居易《狂歌词》

白话文：不懂得享受美好时光，连花儿都要笑你，来，喝酒！
古诗文：不向花前醉，花应解笑人。——［唐］李敬方《劝酒》

白话文：今天就痛快地喝酒，可别推辞。
古诗文：一回欢笑一回思。杯在手，莫推辞。
——［清］程康庄《燕归梁·劝酒》

白话文：美酒当前你还装矜持，其实我早就看破了。
古诗文：谩对芳樽辞酪酊，机关识破已多时。——［明］王守仁《劝酒》

从容地应酬

白话文：人生苦短，不如再喝一杯，别浪费这难得的欢聚时光。
古诗文：**劝君更饮一杯酒，一月人生笑几回。**——[宋]韦骧《劝酒》

白话文：相遇就是缘分，一起喝个痛快，别管明天在哪里！
古诗文：**相逢须共醉，不必问天涯。**——[元]胡奎《劝酒》

白话文：劝你今晚一定要喝个痛快，因为明天我们就要离别了。
古诗文：**劝君须尽醉，离别在明朝。**——[明]金克成《临别劝酒》

白话文：酒杯倒满，相逢就应该开怀畅饮，不要推辞。
古诗文：**酒杯深，故人心，相逢且莫推辞饮。**

——[元]马致远《拨不断·酒杯深》

白话文：我们干了这杯酒，解解乏吧。
古诗文：**我有一瓢酒，可以慰风尘。**——[唐]韦应物《简卢陟》

白话文：看你一副陶渊明的作派，却不像他喝酒那么痛快。
古诗文：**笑杀陶渊明，不饮杯中酒。**——[唐]李白《嘲王历阳不肯饮酒》

白话文：不要在酒宴上抱怨或诉说不愉快之事，让我们开怀痛饮。
古诗文：**休向尊前愬羽觞，百壶清酌与君倾。**——[唐]徐夤《劝酒》

白话文：气氛都到这了，你还没喝几杯，赶紧的，酒杯斟满。
古诗文：**鲸饮未吞海，剑气已横秋。**

——[宋]辛弃疾《水调歌头·和马叔度游月波楼》

65

白话文：日子悠闲，酿酒喝茶。
古诗文：山中何事？松花酿酒，春水煎茶。——[元]张可久《人月圆·山中书事》

白话文：休要推辞这杯酒，莫要辜负我诚挚劝酒的心意。
古诗文：莫辞盏酒十分劝，只恐风花一片飞。——[宋]程颢《郊行即事》

白话文：大地也爱酒。
古诗文：地若不爱酒，地应无酒泉。——[唐]李白《月下独酌四首》

白话文：如果命运已经是这样了，那就暂且喝酒吧。
古诗文：天运苟如此，且进杯中物。——[晋]陶渊明《责子》

白话文：一杯酒解千愁，再来一杯能解忧。
古诗文：一饮解百结，再饮破百忧。——[唐]聂夷中《杂曲歌辞·饮酒乐》

白话文：千万别让杯中无酒。
古诗文：当歌幸有金陵子，翠罌清尊莫放空。
——[明]杨慎《鹧鸪天·元宵后独酌》

白话文：劝你不要拒绝酒杯，春风好像在笑着看人们饮酒作乐。
古诗文：劝君莫拒杯，春风笑人来。——[唐]李白《相和歌辞·对酒二首》

白话文：赏花、饮酒别有情趣！
古诗文：好花如故人，一笑杯自空。——[宋]陆游《对酒》

从容地应酬

白话文：人生在世有一杯酒就应尽情欢乐，何须在意身后千年的虚名？
古诗文：**且乐生前一杯酒，何须身后千载名？**——[唐]李白《行路难三首》

白话文：远行万里之外求取功名，万千心事全寄托在这一杯酒中。
古诗文：**功名万里外，心事一杯中。**——[唐]高适《送李侍御赴安西》

白话文：遇到美酒自然应喝个痛快，别去想那些烦心事。
古诗文：**遇酒当歌酒满斟。一觞一咏乐天真。**——《鹧鸪天·遇酒当歌酒满斟》

白话文：你这一去，何时才能再见？请痛饮几杯吧。
古诗文：**使君能得几回来？便使樽前醉倒更徘徊。**

——[宋]苏轼《虞美人·有美堂赠述古》

白话文：再多的烦恼，只要一杯酒下肚，全都飘散。
古诗文：**愁多酒虽少，酒倾愁不来。**——[唐]李白《月下独酌四首》

白话文：这杯酒只想同你喝，我的深情只有你懂。
古诗文：**浅酒欲邀谁劝，深情惟有君知。**

——[宋]晏几道《临江仙·身外闲愁空满》

白话文：我端起酒杯向东风祈祷，请它不要这么匆匆离去。
古诗文：**把酒祝东风，且莫恁、匆匆去。**

——[宋]王安石《伤春怨·雨打江南树》

感谢篇

白话文：要珍惜主人的心意，这酒中饱含着主人深厚的情谊。
古诗文：珍重主人心，酒深情亦深。——[唐]韦庄《菩萨蛮·劝君今夜须沉醉》

白话文：作为孤苦困顿之人，我感谢主人的盛情款待，祝愿大家长寿。
古诗文：零落栖迟一杯酒，主人奉觞客长寿。——[唐]李贺《致酒行》

白话文：感谢你对我的帮助，这份恩情我会永远铭记于心。
古诗文：岂是贪衣食，感君心缱绻。念我口中食，分君身上暖。
——[唐]白居易《寄元九》

白话文：感激您仍然记挂着我，惭愧于身边的朋友或许会推举我。
古诗文：上感君犹念，傍惭友或推。
——[唐]白居易《酬卢秘书二十韵（时初奉诏除赞善大夫）》

白话文：功名与知己间情谊深厚的一杯酒相比，根本不值一提。
古诗文：凌烟功名举世事，不直两公一杯酒。
——[宋]钟孝国《千里丈蓄酒尊》

白话文：新长出来的竹子比旧竹子要高，这全是依靠老竹的扶持。
古诗文：新竹高于旧竹枝，全凭老干为扶持。——[清]郑燮《新竹》

白话文：你平生多有使人感激不尽的行为，素有忠义的褒奖。
古诗文：平生多感激，忠义非外奖。——[唐]李白《酬裴侍御对雨感时见赠》

白话文：感谢你对我的照顾，以后有机会一定报答。
古诗文：**感君遇我厚，肝胆每倾竭。**——[宋]袁燮《送赵冶晦之》

白话文：这么多佳肴美酒，感谢主人的盛情款待。
古诗文：**炊金爨玉，谢款客之隆。**——[明]程登吉《幼学琼林》

白话文：我曾受到您的提携，这辈子决不会忘记您对我的恩惠。
古诗文：**曾为大梁客，不负信陵恩。**——[唐]王昌龄《答武陵田太守》

白话文：我会整夜想着你，来报答你为我奔波劳累的苦心。
古诗文：**惟将终夜常开眼，报答平生未展眉。**——[唐]元稹《遣悲怀三首》

白话文：可怜我的父母啊，生我养我真辛劳！
古诗文：**哀哀父母，生我劬劳。**——《诗经·小雅·蓼莪》

白话文：古代的君子，得到别人帮助后必加倍报答。
古诗文：**古之君子，使人必报之。**——《隋书》

白话文：我会铭记您的知遇之恩，找机会报答您。
古诗文：**剧辛乐毅感恩分，输肝剖胆效英才。**——[唐]李白《行路难三首》

白话文：您真是伟大的人啊，我愿意与您一同品酒、赞酒。
古诗文：**颂酒之德，赞酒之功。伟哉斯人，吾其与同。**

——[元]黄玠《酒歌》

白话文：诗文唱和，觥筹交错，其乐无疆。
古诗文：重殷勤，深眷恋，谢诸公。佳篇继之以酒，情与礼俱通。
——[元]张之翰《水调歌头》

白话文：难得有你这样的知己，这杯酒我敬你。
古诗文：古说感恩，不如知己，卮酒为公安足辞？
——[清]陈维崧《赠别芝麓先生，即用其题〈乌丝词〉韵》

白话文：再次举杯，为了表达我的感激之情。
古诗文：重把酒，为伸意。——[明]陈霆《贺新郎·送陈学谕之袁州教任》

白话文：我喝醉了，就弹奏新曲来答谢她。
古诗文：醉，且调新弄以谢之。——[宋]周密《一枝春》

白话文：我为您斟酒，祝您长寿。
古诗文：为公持酒，愿祝彩衣无限寿。
——[宋]周紫芝《减字木兰花（晁别驾生日）》

白话文：我敬大家一杯，祝愿长寿与幸福永远伴随着大家。
古诗文：我自嘉礼，以寿永观。——[晋]陆机《祖会太极东堂诗》

白话文：主人非常热情好客，希望大家都能尽兴而归。
古诗文：主人情重，留连佳客，不醉无归。
——[宋]曹冠《朝中措·春芽北苑小方圭》

退场篇

白话文：明年我们还能再见面吗？
古诗文：今年花胜去年红，可惜明年花更好，知与谁同？
——[宋]欧阳修《浪淘沙·把酒祝东风》

白话文：我喝多了，想睡会儿，你明天再来。
古诗文：我醉欲眠卿且去，明朝有意抱琴来。——[唐]李白《山中与幽人对酌》

白话文：喝多了想睡一会儿，口渴了想喝点茶。
古诗文：酒困路长惟欲睡，日高人渴漫思茶！
——[宋]苏轼《浣溪沙·簌簌衣巾落枣花》

白话文：喝多了倒头就睡。
古诗文：醉困不知醒，欹枕卧江流。——[宋]米芾《水调歌头·中秋》

白话文：喝多了，现在有点儿头晕。
古诗文：醉卧古藤阴下，了不知南北。——[宋]秦观《好事近·梦中作》

白话文：沉醉不知归途，只记得时光美好，如梦如幻。
古诗文：常记溪亭日暮，沉醉不知归路。——[宋]李清照《如梦令·常记溪亭日暮》

白话文：今晚酒醒会在哪儿呢？估计就在那岸边，吹着冷风看残月。
古诗文：今宵酒醒何处？杨柳岸，晓风残月。
——[宋]柳永《雨霖铃·寒蝉凄切》

白话文：高楼送友难尽兴，只剩寒江明月照拂我孤寂的心。
古诗文：高楼送客不能醉，寂寂寒江明月心。

——[唐]王昌龄《芙蓉楼送辛渐二首》

白话文：朋友间的相聚是前世的缘分，过后大家又将各奔东西。
古诗文：相逢一醉是前缘，风雨散、飘然何处？

——[宋]苏轼《鹊桥仙·七夕送陈令举》

白话文：酒醉了我们一起唱歌，喝倒了记得扶我，酒能解千愁！
古诗文：我醉歌时君和，醉倒须君扶我，惟酒可忘忧。

——[宋]苏轼《水调歌头·安石在东海》

白话文：喝得微醺消磨整夜时光，酒后方能大笑着面对生活。
古诗文：小酌酒巡销永夜，大开口笑送残年。

——[唐]白居易《雪夜小饮赠梦得》

白话文：喝完饯别酒，友人们挥手告别，我恨这漂泊无依的人生。
古诗文：饮散离亭西去，浮生长恨飘蓬。

——[五代]徐昌图《临江仙·饮散离亭西去》

白话文：清歌与美酒相伴是美好时光；要珍惜人生每一次相遇！
古诗文：一曲清歌满樽酒，人生何处不相逢。——[宋]晏殊《金柅园》

白话文：醒了醉，醉了醒，功名利禄都付笑谈中。
古诗文：酒醒还醉醉还醒，一笑人间今古。——[宋]苏轼《渔父·渔父醒》

白话文：酒醒之后，美梦断了，花儿谢了，月亮也有些黯然失色。
古诗文：何况酒醒梦断，花谢月朦胧。

——[宋]张先《诉衷情·花前月下暂相逢》

白话文：喝醉了就随意躺下，以大地为枕，星河为盖，何其逍遥。
古诗文：酒醉，乘月至一溪桥上，解鞍曲肱，醉卧少休。

——[宋]苏轼《西江月·顷在黄州》

白话文：酒宴将尽不必执着于茱萸辟邪的习俗，古今事不过在俯仰之间而已。
古诗文：酒阑不必看茱萸，俯仰人间今古。——[宋]苏轼《西江月·重九》

白话文：欢言笑谈、畅饮美酒，真是无比痛快。
古诗文：欢言得所憩，美酒聊共挥。

——[唐]李白《下终南山过斛斯山人宿置酒》

白话文：我愿持酒挽留夕阳，让这美好的时光，再延续一会儿。
古诗文：为君持酒劝斜阳，且向花间留晚照。——[宋]宋祁《玉楼春·春景》

白话文：借着醉意回味相聚的美好。离愁别恨，折磨我这疏狂之人。
古诗文：醉拍春衫惜旧香。天将离恨恼疏狂。

——[宋]晏几道《鹧鸪天·醉拍春衫惜旧香》

白话文：我已经醉了，抬头仰望，感觉繁星就要从天空飞坠而下。
古诗文：万帐穹庐人醉，星影摇摇欲坠。

——[清]纳兰性德《如梦令·万帐穹庐人醉》

白话文：醉梦里告别，醒来就忘了，人生聚散实在太容易了。
古诗文：醉别西楼醒不记。春梦秋云，聚散真容易。
——［宋］晏几道《蝶恋花·醉别西楼醒不记》

正确地示爱

表白篇

白话文：心里藏着对你深深的爱恋，却始终无法说出口。
古诗文：**心乎爱矣，遐不谓矣？中心藏之，何日忘之！**
——《诗经·小雅·隰桑》

白话文：我心中喜欢你啊，你知不知道呢？
古诗文：**山有木兮木有枝，心悦君兮君不知。**——《越人歌》

白话文：咱俩心连着心，你是我一辈子的至爱。
古诗文：**心心复心心，结爱务在深。**——[唐]孟郊《结爱》

白话文：看你的第一眼就已经爱上了你，仿佛上辈子就认识。
古诗文：**最是凝眸无限意，似曾相识在前生。**——[清]魏秀仁《花月痕》

白话文：遇见你之前不知相思味，遇见你之后深陷相思海。
古诗文：**平生不会相思，才会相思，便害相思。**——[元]徐再思《蟾宫曲·春情》

白话文：我的纸上密密麻麻写的全是关于你。
古诗文：**红笺小字，说尽平生意。**——[宋]晏殊《清平乐·红笺小字》

白话文：上天不会违背人的心愿，所以让我见到了你。

古诗文：天不绝人愿，故使侬见郎。——《子夜歌四十二首》

白话文：你知道我的情意，我也明白你的心思，让上天为我们作证吧！

古诗文：知我意，感君怜，此情须问天。——[唐]温庭筠《更漏子·金雀钗》

白话文：一日不见你，我心中的思念像是要发了狂。

古诗文：有一美人兮，见之不忘。一日不见兮，思之如狂。

——[汉]司马相如《凤求凰》

白话文：今夜是什么神仙的夜晚，竟让我遇到了你。

古诗文：绸缪束薪，三星在天。今夕何夕，见此良人？

——《诗经·国风·绸缪》

白话文：七夕之夜，有你与我相知相恋，真是太美妙了！

古诗文：人间天上，一样风光，我与君知。——[宋]毛滂《诉衷情·七夕》

白话文：我们之间情感深厚，即使不说话也能彼此了解。

古诗文：相见情已深，未语可知心。——[唐]李白《相逢行二首》

白话文：只因你回头看了我一眼，就让我早晚都思念。

古诗文：只缘感君一回顾，使我思君朝与暮。——《古相思曲》

白话文：我要是能够嫁给他，这一生也就满足了。

古诗文：妾拟将身嫁与，一生休。——[唐]韦庄《思帝乡·春日游》

正确地示爱

白话文：你像桃花一样美丽光艳。我若能娶你为妻，咱俩的生活肯定是既美满又和顺。
古诗文：桃之夭夭，灼灼其华。之子于归，宜其室家。
——《诗经·国风·桃夭》

白话文：活着不能在一块儿，死后也要在一起。
古诗文：榖则异室，死则同穴。——《诗经·国风·大车》

白话文：用尽世间最美语言，也无法表述我的深情。
古诗文：千金纵买相如赋，脉脉此情谁诉。
——[宋]辛弃疾《摸鱼儿·更能消几番风雨》

白话文：希望今生在你的温柔爱情中老去，仙境也不让我羡慕。
古诗文：愿此生终老温柔，白云不羡仙乡。——[清]洪昇《长生殿》

白话文：对你的感情不知道从何时开始的，自从萌生开始，就越来越深。
古诗文：情不知所起，一往而深。——[明]汤显祖《牡丹亭记题词》

白话文：我们也会像凤凰一样，双宿双飞，琴瑟和鸣，幸福满满。
古诗文：凤凰于飞，梧桐是依。雍雍喈喈，福禄攸归。——《西洲曲》

白话文：我爱你的心非常坚定，不会更改。
古诗文：我心匪石，不可转也。我心匪席，不可卷也。
——《诗经·国风·邶风·柏舟》

白话文：希望自己能化作西南风，永远地投入你的怀抱。
古诗文：愿为西南风，长逝入君怀。——[三国魏]曹植《七哀诗》

正确地示爱

白话文：希望我们能相伴终身，不离不弃，一直到老。
古诗文：**镇相随、莫抛躲，针线闲拈伴伊坐。**

——[宋] 柳永《定风波·自春来惨绿愁红》

白话文：最好的爱情是双向奔赴，你爱我，我正好也爱你。
古诗文：**只愿君心似我心，定不负相思意。**

——[宋] 李之仪《卜算子·我住长江头》

白话文：在人群中苦苦寻觅千百回，原来你就在我身边啊。
古诗文：**众里寻他千百度。蓦然回首，那人却在，灯火阑珊处。**

——[宋] 辛弃疾《青玉案·元夕》

白话文：只愿与你恩爱一生，生活幸福美满。
古诗文：**惟愿取，恩情美满，地久天长。**

——[清] 洪昇《长生殿》

白话文：咱们晚上约会吧！
古诗文：**月上柳梢头，人约黄昏后。**——[宋] 欧阳修《生查子·元夕》

白话文：我们是天成的佳偶。
古诗文：**良缘由夙缔，佳偶自天成。**——[清] 程允升《幼学琼林》

白话文：我这满腹惆怅的情意该如何让你知道？
古诗文：**鸿雁在云鱼在水，惆怅此情难寄。**

——[宋] 晏殊《清平乐·红笺小字》

白话文：夫妻二人情投意合、心意相通，生活和谐美满。
古诗文：结同心尽了今生，琴瑟和谐，鸾凤和鸣。——[元]徐琰《蟾宫曲》

白话文：夜里我经常梦见你，你可知道我在想你？
古诗文：红烛背，绣帘垂，梦长君不知。——[唐]温庭筠《更漏子·柳丝长》

白话文：我们俩在一块儿，一定会琴瑟和谐，美满幸福。
古诗文：宜言饮酒，与子偕老。琴瑟在御，莫不静好。
——《诗经·国风·郑风·女曰鸡鸣》

白话文：真的很后悔没有早一点认识你。
古诗文：相逢情便深，恨不相逢早。——[宋]施酒监《卜算子》

白话文：与你分别之后，我的梦中都是你的身影。
古诗文：从别后，忆相逢，几回魂梦与君同。
——[宋]晏几道《鹧鸪天·彩袖殷勤捧玉钟》

白话文：你回头一笑，笑容迷人，好似前世在三生石边就已结缘。
古诗文：回眸一笑转嫣然。恰似三生石畔旧因缘。
——[清]彭孙遹《虞美人·偶赋》

白话文：遇见一位眉眼秀丽的美人，愿和她相伴共赴美好。
古诗文：有美一人，婉如清扬。邂逅相遇，与子偕臧。
——《诗经·国风·郑风·野有蔓草》

誓言篇

白话文：这辈子只想握着你的手，伴着你一起慢慢变老。
古诗文：死生契阔，与子成说。执子之手，与子偕老。
——《诗经·邶风·击鼓》

白话文：心有千千结，直到百年后。
古诗文：坐结行亦结，结尽百年月。——[唐]孟郊《结爱》

白话文：一生一世只爱你一个人，彼此疼惜，彼此惦记，永不背离。
古诗文：相怜相念倍相亲，一生一代一双人。
——[唐]骆宾王《代女道士王灵妃赠道士李荣》

白话文：我愿与你相爱，让我们的爱情永不衰绝。
古诗文：我欲与君相知，长命无绝衰。——[汉]汉乐府《上邪》

白话文：愿我们缠绵、和谐，直到永远。
古诗文：鸳鸯交颈期千岁，琴瑟谐和愿百年。——[唐]李郢《为妻作生日寄意》

白话文：和相爱的人相伴到老，永不分离。
古诗文：愿得一心人，白头不相离。——[汉]卓文君《白头吟》

白话文：我爱你，我们永远在一起吧！
古诗文：山无陵，江水为竭，冬雷震震，夏雨雪，天地合，乃敢与君绝。
——[汉]汉乐府《上邪》

白话文：你我结发成为夫妻，相亲相爱两不相疑。
古诗文：结发为夫妻，恩爱两不疑。——[汉]苏武《留别妻》

白话文：今生今世永相随。
古诗文：在天愿作比翼鸟，在地愿为连理枝。——[唐]白居易《长恨歌》

白话文：你对我若像磐石一样坚定，我定会像蒲苇般生死相依。
古诗文：君当作磐石，妾当作蒲苇。——[汉]汉乐府《孔雀东南飞》

白话文：希望我们像小鸟一样，双飞双宿。
古诗文：愿为晨风鸟，双飞翔北林。——[三国魏]曹丕《清河作诗》

白话文：你是我的唯一。
古诗文：任凭弱水三千，我只取一瓢饮。——[清]曹雪芹《红楼梦》

白话文：我会永远爱你，我向太阳发誓。
古诗文：交恩好之款固，接情爱之分深。誓中诚于暾日，要执契以断金。
——[晋]张华《永怀赋》

白话文：我对你的真心像金石一般的坚固，怎会跟随时俗而变心？
古诗文：秉心金石固，岂从时俗倾。
——[晋]陆云《为顾彦先赠妇往返诗四首》

白话文：我的誓言直到青山崩塌也不变。
古诗文：枕前发尽千般愿，要休且待青山烂。——《菩萨蛮·枕前发尽千般愿》

正确地示爱

白话文：对天发誓，我忠贞不渝，就像清静不起波澜的枯井水！
古诗文：**波澜誓不起，妾心古井水。**——[唐]孟郊《烈女操》

白话文：希望我们能化作心心相印的鸿鹄，结伴高飞。
古诗文：**愿为双飞鸿，百岁不相离。**——[明]胡应麟《拟古二十首》

白话文：当初我就和你约定，永结同心，白头偕老。
古诗文：**当来便约，永结同心偕老。**——[宋]柳永《八六子·如花貌》

白话文：我们立誓，从今往后要像鸾凤一样恩爱相守。
古诗文：**海誓山盟，从今结了，永效鸾凰。**——《柳梢青·孺子风流》

白话文：天地作证，我对你许下的诺言，字字皆真情。
古诗文：**天有神，地有神，海誓山盟字字真。**

——[宋]张幼谦《长相思·天有神》

白话文：我对你盟誓，永结同心。
古诗文：**紫丝罗带鸳鸯结，的的镜盟钗誓。**——[宋]朱嗣发《摸鱼儿·对西风》

白话文：我和你心心相印，宁愿共死也不忍分离。
古诗文：**宁同万死碎绮翼，不忍云间两分张。**——[唐]李白《白头吟》

白话文：天不老去，我对你的爱就永远不会断绝。
古诗文：**天不老，情难绝。**——[宋]张先《千秋岁·数声鶗鴂》

在白话里邂逅古诗文

白话文：我们安稳朴素度日，白头到老。
古诗文：庶保贫与素，偕老同欣欣。——[唐]白居易《赠内》

白话文：我们在黄泉之下再相见时，不要忘了今天的誓言！
古诗文：黄泉下相见，勿违今日言！——[汉]汉乐府《孔雀东南飞》

白话文：愿你我今后相互扶持，永结同心。
古诗文：君为女萝草，妾作菟丝花。——[唐]李白《古意》

白话文：我和你活着盖同一床被子，死了用同一口棺材。
古诗文：我与尔生同一个衾，死同一个椁！——[元]管道升《我侬词》

白话文：要是能和心爱的人厮守，就是死了也心甘情愿。
古诗文：得成比目何辞死，愿作鸳鸯不羡仙。——[唐]卢照邻《长安古意》

白话文：活着就回到你的身边，死了也想着你。
古诗文：生当复来归，死当长相思。——[汉]苏武《留别妻》

白话文：还记得在花前彼此许下的誓言。
古诗文：曾记花前，共说深深愿。
——[宋]晏几道《蝶恋花·黄菊开时伤聚散》

白话文：我愿永远伴你左右。
古诗文：愿作远方兽，步步比肩行。愿作深山木，枝枝连理生。
——[唐]白居易《长相思》

正确地示爱

哄人篇

白话文：不要思念往事，这样对健康无益。
古诗文：莫对月明思往事，损君颜色减君年。——[唐]白居易《赠内》

白话文：我不是在做梦吧！？
古诗文：今宵剩把银釭照，犹恐相逢是梦中。
——[宋]晏几道《鹧鸪天·彩袖殷勤捧玉钟》

白话文：自从你不理我后，我就再也无心欣赏那良辰美景了。
古诗文：从此无心爱良夜，任他明月下西楼。——[唐]李益《写情》

白话文：为了你，我豁出去了！
古诗文：若似月轮终皎洁，不辞冰雪为卿热。
——[清]纳兰性德《蝶恋花·辛苦最怜天上月》

白话文：海水再深，也不及我对你的思念。
古诗文：人道海水深，不抵相思半。——[唐]李冶《相思怨》

白话文：只要和你在一起，无论走到哪里都充满了幸福的味道。
古诗文：比翼和鸣双凤凰，欲栖金帐满城香。
——[唐]卢纶《王评事驸马花烛诗》

白话文：只要心像金钿一样坚贞，我们终将会再次相见。
古诗文：但教心似金钿坚，天上人间会相见。——[唐]白居易《长恨歌》

白话文：我愿如影随形伴你左右。
古诗文：愿为影兮随君身。君在阴兮影不见，君依光兮妾所愿。
——[三国魏]傅玄《车遥遥篇》

白话文：你给我的爱，让我产生了依赖，这辈子都无法离开你。
古诗文：拳拳恃君爱，岁暮望无穷。——[南梁]萧纲《乐府三首》

白话文：两人若是相爱，何愁它南北万里，哪管它死别生离！
古诗文：万里何愁南共北，两心那论生和死。——[清]洪昇《长生殿》

白话文：你我心心相印，如此多情，情到深处，如火焰一样热烈。
古诗文：尔侬我侬，忒煞多情，情多处，热似火。
——[元]管道升《我侬词》

白话文：对你的思念让我发狂！
古诗文：最关情，折尽梅花，难寄相思。
——[宋]周密《高阳台·送陈君衡被召》

白话文：无言回眸，终生难忘！
古诗文：回头忍笑阶前立，总无语，也依依。
——[清]纳兰性德《落花时·夕阳谁唤下楼梯》

白话文：经常梦见你。
古诗文：昨夜夜半，枕上分明梦见。语多时。依旧桃花面，频低柳叶眉。
——[唐]韦庄《女冠子·昨夜夜半》

白话文：只要两心坚定，时间不是问题。
古诗文：但心坚、天长地久，何意在、雨暮云朝。
——[宋]陈德武《玉蝴蝶·金井梧桐飞报》

白话文：嫁给我吧！
古诗文：合昏尚知时，鸳鸯不独宿。——[唐]杜甫《佳人》

白话文：相识千千万人，无人能相比。
古诗文：识尽千千万万人，终不似、伊家好。
——[宋]施酒监《卜算子·赠乐婉杭妓》

白话文：我又梦见了你，你体态轻盈、语声娇软。
古诗文：燕燕轻盈，莺莺娇软，分明又向华胥见。
——[宋]姜夔《踏莎行·燕燕轻盈》

白话文：若能像牛郎、织女一样与你见一面，抛却富贵也甘心。
古诗文：若容相访饮牛津，相对忘贫。
——[清]纳兰性德《画堂春·一生一代一双人》

白话文：我和你心心相印。
古诗文：身无彩凤双飞翼，心有灵犀一点通。——[唐]李商隐《无题二首》

白话文：夫妻和睦才会家境殷实。
古诗文：夫妇和而后家道成。——[明]程登吉《幼学琼林》

在白话里邂逅古诗文

白话文：分别后不知道你的行踪，我心中有说不尽的苦闷。

古诗文：别后不知君远近，触目凄凉多少闷。

——[宋]欧阳修《玉楼春·别后不知君远近》

白话文：无论相隔多远，我们都彼此心系对方。

古诗文：无论海角与天涯，大抵心安即是家。——[唐]白居易《种桃杏》

白话文：我对你的思念让嫦娥都感动了。

古诗文：明月照相思，也得姮娥念我痴。

——[清]高鹗《南乡子·戊申秋雋喜晤故人》

白话文：对你的思念就像流不尽的江水。

古诗文：思君如流水，何有穷已时。——[汉]徐干《室思》

白话文：想你想得人都憔悴了。

古诗文：宝奁明月不欺人，明日归来君试看。——[宋]严仁《玉楼春·春思》

白话文：想你一整夜，心里满满都是你，多远都不算远。

古诗文：相思一夜情多少，地角天涯未是长。

——[唐]张仲素《燕子楼诗三首》

白话文：我想你就像你一直在我身边。

古诗文：风前带是同心结，杯底人如解语花。——[清]黄景仁《感旧四首》

思念篇

白话文：碧水浩荡，云雾茫茫，可惜你不来呀，令我白白地愁断了肠！
古诗文：碧水浩浩云茫茫，美人不来空断肠。——[唐]李白《早春寄王汉阳》

白话文：重山挡住了路，子规啼哑了嗓。亲爱的，你在何方？
古诗文：屏山遮断相思路，子规啼到无声处。

——[清]高鹗《青玉案·丝丝香篆浓于雾》

白话文：饮着同一江水，但却见不到天天思念的人。
古诗文：日日思君不见君，共饮长江水。

——[宋]李之仪《卜算子·我住长江头》

白话文：你不知道我很想你吗？
古诗文：玲珑骰子安红豆，入骨相思知不知。

——[唐]温庭筠《新添声杨柳枝词二首》

白话文：如果你走进我的心扉，就能知道我相思的苦。
古诗文：入我相思门，知我相思苦。——[唐]李白《三五七言》

白话文：相思超越了时空。
古诗文：天涯地角有穷时，只有相思无尽处。——[宋]晏殊《玉楼春·春恨》

白话文：相思之情向谁诉？薄情之人听不懂。
古诗文：欲把相思说似谁，浅情人不知。——[宋]晏几道《长相思·长相思》

白话文：想你想到对着月亮发呆。
古诗文：暗相思，无处说，惆怅夜来烟月。

——[唐]韦庄《应天长·别来半岁音书绝》

白话文：等你的滋味真难熬啊！
古诗文：挑兮达兮，在城阙兮。一日不见，如三月兮！

——《诗经·国风·子衿》

白话文：从早到晚都想你，坐立不安。
古诗文：晓看天色暮看云，行也思君，坐也思君。

——[明]唐寅《一剪梅·雨打梨花深闭门》

白话文：一年四季都想你。
古诗文：春朝秋夜思君甚，愁见绣屏孤枕。

——[五代]魏承班《满宫花·雪霏霏》

白话文：越到落日之时越想你！
古诗文：凝恨对残晖，忆君君不知。——[唐]韦庄《菩萨蛮·洛阳城里春光好》

白话文：对你的思念停不下来，直到等你回来。
古诗文：思悠悠，恨悠悠，恨到归时方始休。

——[唐]白居易《长相思·汴水流》

白话文：遥不可及。
古诗文：佳人彩云里，欲赠隔远天。——[唐]李白《折荷有赠》

正确地示爱

白话文：望穿秋水，也不得见。

古诗文：过尽千帆皆不是，斜晖脉脉水悠悠。

——[唐]温庭筠《望江南·梳洗罢》

白话文：连接长亭的道旁长满的芳草也在埋怨宦游王孙忘记了归期。

古诗文：接长亭，迷远道。堪怨王孙，不记归期早。

——[宋]梅尧臣《苏幕遮·草》

白话文：相思如海，往事如烟。

古诗文：相思似海深，旧事如天远。——[宋]乐婉《卜算子·答施》

白话文：一个"情"字困住身。

古诗文：真情一点苦萦人，才下眉尖，恰上心头。

——[宋]赵长卿《一剪梅·秋雨感悲》

白话文：想念你的心如江水，水不停，思不断。

古诗文：忆君心似西江水，日夜东流无歇时。

——[唐]鱼玄机《江陵愁望寄子安》

白话文：送给你潺潺流水般的情意。

古诗文：赠君比潺湲，相思无断绝。——[唐]乔知之《杂曲歌辞》

白话文：相思的话说出来怎么就那么难！

古诗文：沅有芷兮澧有兰，思公子兮未敢言。

——[先秦]屈原《九歌·湘夫人》

白话文：相思催白了双鬓。
古诗文：两鬓可怜青，只为相思老。——[宋]晏几道《生查子·关山魂梦长》

白话文：我在凉秋里等你。
古诗文：相思黄叶落，白露湿青苔。——[唐]李白《长相思三首》

白话文：一场聚散离合让人肝肠碎断。
古诗文：难相见，易相别，又是玉楼花似雪。
——[唐]韦庄《应天长·别来半岁音书绝》

白话文：月亮又圆了，你怎么还不回来？
古诗文：月满西楼凭阑久，依旧归期未定。——[宋]李玉《贺新郎·春情》

白话文：在秋风里眼巴巴地看着远方想着你。
古诗文：相思无因见，怅望凉风前。——[唐]李白《折荷有赠》

白话文：找不到安放思绪的地方。
古诗文：一寸相思千万绪。人间没个安排处。——[五代]李冠《蝶恋花·春暮》

白话文：想你想得花了眼。
古诗文：看朱成碧思纷纷，憔悴支离为忆君。——[唐]武则天《如意娘》

白话文：对你的相思，挂满了丁香的枝头。
古诗文：相思只在，丁香枝上，豆蔻梢头。
——[宋]王雱《眼儿媚·杨柳丝丝弄轻柔》

白话文：消瘦只为你，为你甘愿承受旁人的非议与羞惭。

古诗文：**瘦应因此瘦，羞亦为郎羞。**——[宋]史达祖《临江仙·闺思》

白话文：相思似苦海，也愿陷其中。

古诗文：**直道相思了无益，未妨惆怅是清狂。**

——[唐]李商隐《无题·重帏深下莫愁堂》

白话文：落花流水由它去，一种相思无处丢。

古诗文：**花自飘零水自流。一种相思，两处闲愁。**

——[宋]李清照《一剪梅·红藕香残玉簟秋》

白话文：眼泪为你流，此情无处说。

古诗文：**两条玉箸为君垂，此宵情，谁共说？**

——[五代]冯延巳《醉花间·独立阶前星又月》

白话文：为了你每天对着镜子，你知道吗？

古诗文：**鸾镜与花枝，此情谁得知？**

——[唐]温庭筠《菩萨蛮·宝函钿雀金鸂鶒》

白话文：你要是高悬的明月有多好呀，到哪里都能作伴。

古诗文：**恨君不似江楼月，南北东西，南北东西，只有相随无别离。**

——[宋]吕本中《采桑子·恨君不似江楼月》

白话文：相思的苦楚向谁倾诉？路途遥遥不知你在何处。

古诗文：**相思苦，凭谁诉？遥遥不知君何处。**——[汉]汉乐府《古相思曲》

白话文：把你我的心换个个儿，你才会懂我的心。

古诗文：换我心，为你心，始知相忆深。

——[五代]顾敻《诉衷情·永夜抛人何处去》

白话文：你的相思都写在脸上了。

古诗文：怕相思，已相思，轮到相思没处辞，眉间露一丝。

——[明]俞彦《长相思·折花枝》

白话文：经历寒冬，仍迷恋开满桃花的明月夜。

古诗文：朔风吹散三更雪，倩魂犹恋桃花月。

——[清]纳兰性德《菩萨蛮·朔风吹散三更雪》

白话文：我心里想着你，想必你也在想着我。

古诗文：想得玉人情，也合思量我。——[五代]孙光宪《生查子·窗雨阻佳期》

白话文：道路漫长，何时能相见？

古诗文：道路阻且长，会面安可知？——《行行重行行》

白话文：对你的思念像水一样不断。

古诗文：汴水流，泗水流，流到瓜州古渡头，吴山点点愁。

——[唐]白居易《长相思·汴水流》

诚挚地送上祝福

节日篇

白话文：愿新的一年，你的生活处处洋溢着春天的气息和活力。
古诗文：历添新岁月，春满旧山河。——[元]叶颙《己酉新正》

白话文：无论身在何方，都愿你在新的一年里保持乐观的心态。
古诗文：寄语天涯客，轻寒底用愁。——[明]于谦《除夜太原寒甚》

白话文：辞旧迎新之际，让我们共享欢乐时光！
古诗文：共欢新故岁，迎送一宵中。——[唐]李世民《守岁》

白话文：在爆竹声、美酒中迎来新年。
古诗文：爆竹声中一岁除，春风送暖入屠苏。——[宋]王安石《元日》

白话文：祝愿每年都是这样美好的开始。
古诗文：愿得长如此，年年物候新。——[唐]卢照邻《元日述怀》

白话文：元宵快乐！
古诗文：闻道长安灯夜好，雕轮宝马如云。

——[宋]毛滂《临江仙·都城元夕》

白话文：真是欢乐热闹的元宵夜。
古诗文：火树银花合，星桥铁锁开。——[唐]苏味道《正月十五夜》

白话文：元宵夜灯火辉煌。
古诗文：缛彩遥分地，繁光远缀天。——[唐]卢照邻《十五夜观灯》

白话文：元宵临近，月色好美啊！
古诗文：九衢雪小，千门月淡，元宵灯近。——[宋]晁端礼《水龙吟·咏月》

白话文：人们载歌载舞，共度元宵。
古诗文：三百内人连袖舞，一时天上著词声。——[唐]张祜《正月十五夜灯》

白话文：热闹繁华的元宵夜，大街上人们摩肩接踵。
古诗文：箫鼓喧，人影参差，满路飘香麝。
——[宋]周邦彦《解语花·上元》

白话文：节日因游人太多，交通阻塞了！
古诗文：月色灯山满帝都，香车宝盖隘通衢。——[唐]李商隐《观灯乐行》

白话文：大人、孩子欢天喜地过节！
古诗文：袨服华妆着处逢，六街灯火闹儿童。——[金]元好问《京都元夕》

白话文：愿你端午佳节幸福如粽。
古诗文：渚闹渔歌响，风和角粽香。——[唐]姚合《夏夜宿江驿》

白话文：愿你中秋团圆，幸福安康，明月相伴。
古诗文：**但愿人长久，千里共婵娟。**
——[宋]苏轼《水调歌头·明月几时有》

白话文：望着中秋的月亮，想着远方亲人。
古诗文：今夜月明人尽望，不知秋思落谁家。

——[唐]王建《十五夜望月寄杜郎中》

白话文：在此佳节，人们望着月亮，想念远方亲人。
古诗文：海上生明月，天涯共此时。——[唐]张九龄《望月怀远》

白话文：美好时节，希望年年都能看见如此美好的月亮。
古诗文：好时节，愿得年年，常见中秋月。

——[明]徐有贞《中秋月·中秋月》

白话文：希望远在他乡的兄弟，重阳节快乐安康。
古诗文：遥知兄弟登高处，遍插茱萸少一人。

——[唐]王维《九月九日忆山东兄弟》

白话文：举杯庆重阳，愿您岁岁平安。
古诗文：但将酩酊酬佳节，不用登临恨落晖。——[唐]杜牧《九日齐山登高》

白话文：重阳节愿您笑口常开，活力满满。
古诗文：尘世难逢开口笑，菊花须插满头归。——[唐]杜牧《九日齐山登高》

白话文：祝新年大吉大利，万事如意。
古诗文：愿新春以后，吉吉利利。百事都如意。

——[宋]赵长卿《探春令·笙歌间错华筵启》

生日篇

白话文：愿您岁岁平安，福寿绵长。
古诗文：**祝公寿共诗书久，一瓣心香已敬焚。**——[宋]王十朋《行可生日》

白话文：祝您福如东海，寿比南山。
古诗文：**南山可平海可竭，高堂欢乐无穷年。**
——[宋]王炎《贺吴继仲母氏生日》

白话文：希望你身体健康硬朗，年年与花相约。
古诗文：**但愿身老健，长与花继期。**——[宋]姜特立《招客赏菊》

白话文：希望您寿命如天地般长久，精神头儿像日月一样发光！
古诗文：**与天地兮同寿，与日月兮同光。**——[先秦]屈原《涉江》

白话文：祝您福寿如江，美名远扬。
古诗文：**福与此江无尽，寿与此江俱远，名与此江清。**
——[宋]徐鹿卿《水调歌头·寿林府判》

白话文：祝福您返老还童，年年岁岁容颜不改。
古诗文：**祝公齿发老复少，岁岁不改冰霜颜。**
——[宋]苏辙《宣徽使张安道生日》

白话文：祝您寿比南山。
古诗文：**且舞且歌行且拜，愿君长寿等南山。**——[明]邢宥《安乐乡长寿歌》

白话文：祝您寿比松柏，无病无恙。
古诗文：阅世祝公松柏寿，从来霜雪不能寒。
　　　　　　　　　——[宋]张耒《七月十五日希古生日以诗为寿》

白话文：祝愿您能够像松椿那样长寿千年。
古诗文：祝千龄，借指松椿比寿。——[宋]李清照《长寿乐·南昌生日》

白话文：大家相聚一堂，希望在座的每个人都能长寿。
古诗文：欢会，欢会，坐上人人千岁。——[宋]朱敦儒《如梦令》

白话文：您有着强健的体魄，超凡的气质。
古诗文：鹤瘦松青，精神与秋月争明。——[宋]李清照《新荷叶·薄露初零》

白话文：希望我们年年都能见面，年年精神焕发！
古诗文：今年见，明年重见，春色如人面。
　　　　　　　　　——[宋]毛滂《点绛唇·何处君家》

白话文：祝您青春永驻！
古诗文：柳外花前同祝愿，朱颜长在年龄远。——[宋]葛胜仲《蝶恋花》

白话文：祝您寿如松竹长青，生活如圆月美满。
古诗文：祝公千百松筠寿，常对团团月色新。——[宋]曹勋《何季崇生日》

白话文：祝愿你健康长寿，人品清正高洁。
古诗文：愿汝康而寿，人如少蕴清。——[宋]王十朋《幼女生日》

白话文： 冬至之后过生日，白天变长寿命也长。
古诗文： 一阳生后逢生日，日渐舒长寿更长。

——[宋]管鉴《鹧鸪天·为妻寿》

白话文： 先敬您一杯酒，祝愿您能像乔松一样长寿。
古诗文： 一杯先领取，乔松寿。

——[元]王恽《感皇恩至元十七年八月八日为通议西溪兄寿》

白话文： 祝您如仙鹤和青松一样长寿！
古诗文： 瘦鹤与长松，且伴臞仙，久住人间世。

——[宋]李弥逊《醉花阴·学士生日》

白话文： 愿您永远年轻。
古诗文： 愿君岁岁颜如幼。——[清]汪懋麟《玉女摇仙佩·豹人生日》

白话文： 举起酒杯，祝您岁岁年年都尊贵荣耀。
古诗文： 上君百岁觞，祝君以永享。

——[清]梁佩兰《舟中值和公生日得诗三章》

白话文： 举起酒杯跳起舞，祝君快乐享永年。
古诗文： 酒劝十分金凿落，舞催三叠玉娉婷。满堂欢笑祝椿龄。

——[宋]张纲《浣溪沙·嘉平月》

白话文： 祝妻子生日快乐，美如二月天。
古诗文： 谢家生日好风烟，柳暖花春二月天。——[唐]李郢《为妻作生日寄意》

白话文：愿您永葆青春，岁月静好。
古诗文：愿岁岁，见柳梢青浅，梅英红小。

——[宋]康与之《喜迁莺·丞相生日》

白话文：祝您福寿双全。
古诗文：祝公千岁寿，终始立朝端。——[宋]饶节《王信玉生日》

白话文：祝您青春永驻，健康长寿。
古诗文：愿公难老身长健。——[宋]王庭圭《蝶恋花·王克恭生日》

白话文：愿您福寿绵长，精神矍铄。
古诗文：南极寿星宫，分明矍铄翁。——[唐]王绍《菩萨蛮·任寿伯》

白话文：您地位高贵、家族昌盛，祝愿您健康长寿。
古诗文：贵盛上持龙节钺，延长应续鹤春秋。——[唐]罗隐《钱尚父生日》

白话文：祝您福寿双全。
古诗文：龟衔玉柄增年算，鹤舞琼筵献寿杯。——[唐]罗隐《简令生日》

白话文：祝您健康长寿，生活美满。
古诗文：对局每思樵客斧，爇香长奉老人星。

——[宋]赵抃《湖北运使学士十二弟扬生日》

白话文：在这样欢乐相聚的日子里，祝您吉祥和长寿。
古诗文：家家欢会日，祺寿所宜多。——[宋]赵抃《男屼生日》

白话文：愿您岁岁年年都笑口常开。
古诗文：且落魄装个老人星，共野叟行歌，太平时岁。

——[宋]朱敦儒《洞仙歌·总无奇异处》

白话文：祝你永远精神焕发。
古诗文：但愿吾侪似梅柳，年年相见一回新。

——[宋]葛天民《涧泉招饮次日乃生朝》

白话文：祝您生日快乐，子孙满堂。
古诗文：杯为寿酒，床下列儿孙。——[宋]邵雍《生日吟》

白话文：我会年年借梅花香味为你祝寿。
古诗文：年年已与梅花约，长借清香入寿杯。——[宋]强至《何太宰生日二首》

白话文：祝您福寿绵长，青春永驻。
古诗文：况高颐养术，龟鹤得长生。——[宋]韦骧《石懿老大夫生日》

白话文：不息的河水，每年都为您祝寿。
古诗文：漳水流无竭，年年伴寿觥。——[宋]强至《韩魏公生日》

白话文：祝您寿与天齐，声名远播。
古诗文：嵩岳穹崇河水远，高名遐寿与之肩。——[宋]范纯仁《潞国公生日》

婚礼篇

白话文：夫妻携手，恩爱一生。
古诗文：齐眉不老，直须携手，同上青冥路。——[宋]史浩《青玉案》

白话文：祝新婚快乐，二人白头到老。
古诗文：庆合卺，期偕老。——[清]董以宁《贺新郎·扬州贺涂公子季朗花烛》

白话文：绿叶配红花，夫唱妇随。
古诗文：莲花如妾叶如郎，画得花长叶亦长。
——[明]徐渭《沈君索题所画卉贺人新婚》

白话文：新郎新娘真漂亮！
古诗文：婿颜如美玉，妇色胜桃花。——[南朝]周弘正《看新婚诗》

白话文：愿你们如同比翼鸟，永远相伴，不离不弃。
古诗文：愿同比翼鸟，生死恒相随。——[清]史夔《长干曲》

白话文：愿你们的爱情如莲花与梅花，纯洁坚定，芬芳四溢。
古诗文：莲开并蒂花无色，梅结同心玉有香。
——[清]苏继朋《季春贺门人陈廷瑜新婚》

白话文：美好的姻缘就像田中玉、锦上花。
古诗文：良缘有玉田中种，好事如花锦上添。——[宋]章甫《贺新婚》

白话文：愿你们的爱情像仙乐般动听。
古诗文：佳音出钧天，声作鸾凰吟。——[清] 戴亨《新婚词》

白话文：愿你们比翼双飞。
古诗文：愿为双黄鹄，比翼戏清池。

——[汉] 徐干《于清河见挽船士新婚与妻别诗》

白话文：祝你们携手并肩，永不分离。
古诗文：天下真成长合会，无胜比翼两鸳鸯。——[唐] 王绩《游北山赋》

白话文：恭祝新婚大喜，结秦晋之好。
古诗文：秦晋新婚，人间天上真奇绝。——[宋] 无名氏《少年游·上苑莺调舌》

白话文：甜蜜的爱情可以改变人。
古诗文：昔言尔尔嫌随俗，今唤卿卿喜有人。

——[宋] 王迈《贺同年林簿同卿龟从新婚》

白话文：愿你们携手共度，白头偕老。
古诗文：珠帘绣幕蔼祥烟，合卺嘉盟缔百年。——[宋] 姚勉《新婚致语》

白话文：愿你们举案齐眉，相濡以沫。
古诗文：结发为新婚，恩爱相匹俦。——[宋] 汪元量《居拟苏武》

白话文：愿你们情深意长，百年好合。
古诗文：席同七尺躯，卺合百年缘。——[明] 唐秩《新婚别》

白话文：祝你们夫妻生活幸福美满。

古诗文：白首喜为林下伴，愿从今日到期颐。

——［宋］吴芾《老妻生朝为寿》

诚挚地送上祝福

白话文：祝贺你们新婚燕尔，鸳鸯成对。
古诗文：定结鸳鸯对，想他燕尔新婚。——[明]谢谠《月儿高》

白话文：愿你们婚姻浪漫，情深意切。
古诗文：顾盼忽惊成并蒂，郎君背后觑侬来。
——[明]吴嘉纪《赋得对镜赠汪琨随新婚》

白话文：愿你们琴瑟和鸣，永结同心。
古诗文：朱丝抽玉琴，锦带结同心。——[清]梁佩兰《赠李皋水新婚》

白话文：浪漫的约会。
古诗文：花明月暗笼轻雾，今宵好向郎边去。
——[南唐]李煜《菩萨蛮·花明月暗笼轻雾》

白话文：渴望爱情！
古诗文：何缘交颈为鸳鸯，胡颉颃兮共翱翔！——[汉]司马相如《凤求凰》

白话文：郎才女貌，佳偶天成。
古诗文：喜配合佳偶，女貌郎才真罕有。——[明]真珠帘《卧冰记》

白话文：祝你们两个人百年恩爱。
古诗文：百年恩爱双心结，千里姻缘一线牵。——[唐]李复言《弦怪录·定婚店》

事业篇

白话文：愿您万事顺遂，生活里满是春光。
古诗文：东风随春归，发我枝上花。——[唐]李白《落日忆山中》

白话文：祝您宏图大展！
古诗文：海阔凭鱼跃，天高任鸟飞。——[宋]阮阅《诗话总龟》

白话文：愿你发奋进取，豁达乐观。
古诗文：晴空一鹤排云上，便引诗情到碧霄。——[唐]刘禹锡《秋词二首》

白话文：愿您事业如春，生活充满阳光。
古诗文：青青园中葵，朝露待日晞。阳春布德泽，万物生光辉。
　　　　　　　　　　　　　　　　——[汉]汉乐府《长歌行》

白话文：愿您前程似锦。
古诗文：等闲识得东风面，万紫千红总是春。——[宋]朱熹《春日》

白话文：你志向远大，很有才干，必定能干出一番大事业。
古诗文：志大则才大，事业大。——[宋]张载《正蒙》

白话文：祝您志向远大，前程无限。
古诗文：鹰击天风壮，鹏飞海浪春。
　　　　　　　　——[宋]司马光《之美举进士寓京师范此诗寄之》

白话文：祝您在事业上一帆风顺。
古诗文：**潮平两岸阔，风正一帆悬。**——[唐]王湾《次北固山下》

白话文：祝您春风得意，潇洒自如。
古诗文：**青云直上马如龙，来往泠然若御风。**
——[宋]陈师道《和和叟第课还自都下》

白话文：祝愿事业有成，健康长寿。
古诗文：**如月之恒，如日之升。如南山之寿，不骞不崩。**
——《诗经·小雅·天保》

白话文：祝您纵横四海，从容无虞。
古诗文：**横四海兮焉穷。**——[先秦]屈原《九歌》

白话文：祝您风生水起、蓬勃向上。
古诗文：**愿祝君如此山水，滔滔岌岌风云起。**——[宋]冯时行《遗夔门故书》

白话文：愿你的事业如松柏长青，历久弥新。
古诗文：**岂不罹凝寒，松柏有本性。**——[汉]刘桢《赠从弟三首》

白话文：大丈夫心怀壮志，事业绵延长存。
古诗文：**丈夫属有念，事业无穷年。**——[唐]韩愈《秋怀诗十一首》

白话文：你有志向，经过磨砺，定能成就大业。
古诗文：**有志尚者，遂能磨砺，以就素业。**——[北齐]颜之推《颜氏家训》

白话文：愿你如韩公般不凡，事业比肩夔和稷。

古诗文：于公岂止然，事业本夔稷。——[宋]欧阳修《韩公阅古堂》

白话文：希望您能够带领我们把事业做大做强。

古诗文：意欲令吾曹，事业进以大。——[宋]韩维《饮圣俞西轩》

白话文：努力奋斗，只要坚持下去，终会有所建树。

古诗文：努力图树立，庶几终有成。

——[宋]欧阳修《勉刘申》

白话文：您如大鹏展翅，搏击万里。

古诗文：九万里风鹏正举。风休住，蓬舟吹取三山去！

——[宋]李清照《渔家傲·天接云涛连晓雾》

白话文：你的事业还在蓬勃发展，日后定能有超凡成就。

古诗文：此公事业未渠央，六奇他日吾所望。

——[宋]晁补之《复用方字韵奉赠同舍慎思文潜同年天启》

白话文：您名声远扬，必能成就伟大事业，流传后世。

古诗文：威声尚草木，事业余鼎盘。

——[清]李是远《与南麟士郑允之登鞍岘》

白话文：你志在四方，将成就如同伊尹、吕尚那样非凡的伟业。

古诗文：桑蓬元四方，事业在伊吕。——[宋]邹浩《简德符》

白话文：愿你拥有显赫的事业，令全家荣耀。
古诗文：**充闾庆，有青毡事业。**——[宋]王千秋《沁园春·晁共道侍郎生日》

白话文：你的事业将如登楼般节节攀升，直至巅峰。
古诗文：**摄衣更上一层楼，才到层霄最上头。**——[宋]刘过《登凌云高处》

白话文：你将自由翱翔，展翅高飞，事业成就无人能及。
古诗文：**翱翔当在此，事业更无前。**——[元]元天锡《次赵奉善赠李柏堂诗韵》

白话文：愿您声名显赫，前途顺遂。
古诗文：**高名题雁塔，平步上青云。**——[宋]李正民《挽胡茂老枢密》

白话文：祝您事业发达。
古诗文：**明当拟入飞熊兆，平步青云上九重。**——[明]吴宝《渔家》

白话文：您的事业在百年之内定能如星辰般闪耀。
古诗文：**共期百年内，事业耀亢参。**——[明]林士元《挽冬官周务斋先生三首》

学子篇

白话文：愿你勤奋好学，不可放纵。
古诗文：学如逆水行舟，不进则退；心似平原走马，易放难收。
　　　　　　　　　　　　　　　　——《增广贤文》

白话文：愿你持之以恒。
古诗文：绳锯木断，水滴石穿。——[明]张岱《夜航船》

白话文：愿你心无旁骛，专心致志。
古诗文：无冥冥之志者，无昭昭之明；无惛惛之事者，无赫赫之功。
　　　　　　　　　　　　　　　——[先秦]荀子《劝学》

白话文：愿你脚踏实地，注重积累。
古诗文：合抱之木，生于毫末；九层之台，起于累土。
　　　　　　　　　　　　　　　——[先秦]老子《道德经》

白话文：愿你长出翅膀，有一天鱼跃龙门，一举高中。
古诗文：希君生羽翼，一化北溟鱼。——[唐]李白《江夏使君叔席上赠史郎中》

白话文：愿你珍惜时光，不负韶华。
古诗文：及时当勉励，岁月不待人。——[晋]陶渊明《杂诗十二首》

白话文：不要自满，谦虚谨慎。
古诗文：满招损，谦受益。——《尚书》

白话文：愿你心志坚定，矢志不渝。
古诗文：三军可夺帅也，匹夫不可夺志也。——《论语》

白话文：愿你心怀善意，乐于助人。
古诗文：爱人者人恒爱之，敬人者人恒敬之。——《孟子》

白话文：希望你志存高远。
古诗文：志不立，天下无可成之事。——[明]王阳明《教条示龙场诸生》

白话文：愿你勤奋努力，不负青春。
古诗文：青春须早为，岂能长少年。——[唐]孟郊《劝学》

白话文：愿你展翅高飞、如骏马驰骋，一展抱负！
古诗文：高云上鹏鹗，大路展骅骝。——[元]李孝光《水调歌头》

白话文：愿你不断学习，不断进步。
古诗文：学不可以已。——[先秦]荀子《劝学》

白话文：愿你勤奋好学，脚踏实地。
古诗文：勤学如春起之苗，不见其增，日有所长。
——[明]洪应明《菜根谭》

白话文：愿你意志坚定，言必信行必果。
古诗文：志不强者智不达，言不信者行不果。——《墨子》

白话文：愿你鱼跃龙门，取得佳绩，让大家震惊。
古诗文：禹门三级浪，平地一声雷。——[宋]汪洙《神童诗》

白话文：我觉得你很有潜力，将来一定能大展宏图。
古诗文：我觉君非池中物，咫尺蛟龙云雨。
——[宋]辛弃疾《贺新郎·和徐斯远下第谢诸公载酒相访韵》

白话文：愿你德才兼备。
古诗文：才者，德之资也；德者，才之帅也。——[宋]司马光《资治通鉴》

白话文：愿你勤学苦读，学有所成。
古诗文：学问勤中得，萤窗万卷书。——[宋]汪洙《神童诗》

白话文：愿你不断进取，勇于超越。
古诗文：青，取之于蓝，而青于蓝；冰，水为之，而寒于水。
——[先秦]荀子《劝学》

白话文：时光易逝，值得珍惜。
古诗文：光阴可惜，譬诸逝水。——[南北朝]颜之推《勉学》

白话文：青春只有一次。
古诗文：花有重开日，人无再少年。——[宋]陈著《续侄溥赏酴醾劝酒二首》

白话文：愿你勤奋好学，努力拼搏。
古诗文：少壮不努力，老大徒伤悲！——[汉]汉乐府《长歌行》

白话文：愿你珍惜时间，把握人生。

古诗文：人生天地之间，若白驹之过隙，忽然而已。——[先秦]庄子《庄子》

白话文：努力趁年少！

古诗文：莫等闲，白了少年头，空悲切！——[宋]岳飞《满江红·写怀》

白话文：愿你不念过往，不畏将来。

古诗文：往者不可谏，来者犹可追。——[先秦]《楚狂接舆歌》

白话文：把握住当下。

古诗文：人生百年几今日，今日不为真可惜！——[明]文嘉《今日歌》

白话文：希望你潜心努力，未来能够实现自己的抱负。

古诗文：摩霄志在潜修羽，会接鸾凰别苇丛。——[唐]刘象《鹭鸶》

白话文：时光匆匆，人生易老。

古诗文：白日何短短，百年苦易满。——[唐]李白《短歌行》

白话文：愿你及时奋斗，积极争取。

古诗文：劝君莫惜金缕衣，劝君惜取少年时。——[唐]杜秋娘《金缕衣》

白话文：再拖就拖黄了。

古诗文：明日复明日，明日何其多。——[明]文嘉《明日》

有内涵地发朋友圈

置顶句子

白话文：播下种子，静等花开。
古诗文：前程暗漆本难知，秋月春花各有时。——[明]冯梦龙《喻世明言》

白话文：我是铁了心了。
古诗文：臣心一片磁针石，不指南方不肯休。——[宋]文天祥《扬子江》

白话文：登高望远。
古诗文：危楼高百尺，手可摘星辰。——[唐]李白《夜宿山寺》

白话文：忙碌的人生。
古诗文：一年三百六十日，多是横戈马上行。——[明]戚继光《马上作》

白话文：从头开始。
古诗文：一日今年始，一年前事空。——[唐]元稹《岁日》

白话文：往事如梦，真是后怕。
古诗文：二十余年如一梦，此身虽在堪惊。
——[宋]陈与义《临江仙·夜登小阁忆洛中旧游》

白话文：贵在坚持。

古诗文：千淘万漉虽辛苦，吹尽狂沙始到金。——[唐]刘禹锡《浪淘沙》

白话文：世事难料，顺其自然。

古诗文：来如风雨，去似微尘。——《增广贤文》

白话文：该乐即乐。

古诗文：今我不乐，岁月如驰。——[三国魏]曹丕《善哉行》

白话文：总有一日会一飞冲天。

古诗文：大鹏一日同风起，扶摇直上九万里。——[唐]李白《上李邕》

白话文：只有站得高，才能看得远。

古诗文：不畏浮云遮望眼，自缘身在最高层。——[宋]王安石《登飞来峰》

白话文：保持本真就很美，无须修饰。

古诗文：丹漆不文，白玉不雕。——[汉]刘向《说苑》

白话文：只有内心强大，方能无所畏惧！

古诗文：不能胜寸心，安能胜苍穹。

——[清]龚自珍《自春徂秋，偶有所触，拉杂书之，漫不诠次，得十五首》

白话文：我也是过客。

古诗文：人生如逆旅，我亦是行人。——[宋]苏轼《临江仙·送钱穆父》

白话文：不求富贵不做仙。
古诗文：富贵非吾愿，帝乡不可期。——[晋]陶渊明《归去来兮辞·并序》

白话文：奋斗不辍，直到成功。
古诗文：百尺竿头须进步，十方世界是全身。——《五灯会元》

白话文：再难再远，我也要去。
古诗文：不辞山路远，踏雪也相过。——[唐]张九龄《答陆澧》

白话文：无论贫穷还是富有都要快乐，不开口笑的人是傻瓜。
古诗文：随富随贫且欢乐，不开口笑是痴人。——[唐]白居易《对酒五首》

白话文：大丈夫应有凌云志。
古诗文：一丈夫兮一丈夫，千生气志是良图。——[唐]李泌《长歌行》

白话文：读书是必须的。
古诗文：读书破万卷，下笔如有神。——[唐]杜甫《奉赠韦左丞丈二十二韵》

白话文：我是少年我很狂。
古诗文：少年意气强不羁，虎胁插翼白日飞。——[宋]王安石《寄慎伯筠》

白话文：老将出马，一个顶俩。
古诗文：一身转战三千里，一剑曾当百万师。——[唐]王维《老将行》

有内涵地发朋友圈

白话文：做一个意气风发的少年。
古诗文：五陵年少金市东，银鞍白马度春风。——[唐]李白《少年行二首》

白话文：去年过得不错，今天也会很好。
古诗文：去岁千般皆如愿，今年万事定称心。——[宋]释道原《景德传灯录》

白话文：靠别人不如靠自己。
古诗文：举世人生何所依，不求自己更求谁。
——[唐]吕岩《渔父词一十八首·方契理》

白话文：享受当下。
古诗文：世间行乐亦如此，古来万事东流水。
——[唐]李白《梦游天姥吟留别》

白话文：男子汉要做事，不要躺平。
古诗文：业无高卑志当坚，男儿有求安得闲。——[宋]张耒《示秬秸》

白话文：专心读书，忘了时间。
古诗文：读书不觉已春深，一寸光阴一寸金。——[唐]王贞白《白鹿洞二首》

白话文：勇敢地追梦吧！
古诗文：八月涛声吼地来，头高数丈触山回。——[唐]刘禹锡《浪淘沙九首》

白话文：别再犹豫，努力追梦。
古诗文：日月纷纷车走坂，少年意气何由挽。——[宋]王安石《送春》

白话文：你是最棒的。

古诗文：何须浅碧深红色，自是花中第一流。

——[宋]李清照《鹧鸪天·桂花》

有内涵地发朋友圈

个性签名

白话文：我的人生我做主。
古诗文：天子呼来不上船，自称臣是酒中仙。——[唐]杜甫《饮中八仙歌》

白话文：你对我好，我必回报。
古诗文：投我以木桃，报之以琼瑶。——《诗经·国风·木瓜》

白话文：天高地阔任我行。
古诗文：白云满地江湖阔，著我逍遥自在行。
　　　　　　　　　　　　　——[宋]黎廷瑞《金陵陈月观同年三首》

白话文：任何困难都无法将我击倒！
古诗文：野火烧不尽，春风吹又生。——[唐]白居易《赋得古原草送别》

白话文：心安处就是故乡。
古诗文：我生本无乡，心安是归处。——[唐]白居易《初出城留别》

白话文：卓而不群。
古诗文：独立天地间，清风洒兰雪。——[唐]李白《别鲁颂》

白话文：不必忧愁，好运自来。
古诗文：莫愁千里路，自有到来风。——[唐]钱珝《江行无题一百首》

白话文：纯净如莲。

古诗文：看取莲花净，应知不染心。——[唐]孟浩然《题大禹寺义公禅房》

白话文：胸有正气多豪迈！

古诗文：一点浩然气，千里快哉风。

——[宋]苏轼《水调歌头·黄州快哉亭赠张偓佺》

白话文：谁能知我？

古诗文：不恨古人吾不见，恨古人不见吾狂耳。

——[宋]辛弃疾《贺新郎·甚矣吾衰矣》

白话文：认准道路，干就是了。

古诗文：但知行好事，莫要问前程。——[五代]冯道《天道》

白话文：别太在意，凡事看淡一些。

古诗文：何须更问浮生事，只此浮生是梦中。——[唐]鸟窠《无题》

白话文：我一定努力奋斗，实现自己的梦想。

古诗文：会当凌绝顶，一览众山小。——[唐]杜甫《望岳》

白话文：坚韧意志不可动摇。

古诗文：千磨万击还坚劲，任尔东西南北风。——[清]郑燮《竹石》

白话文：我会有出头之日的。

古诗文：长风破浪会有时，直挂云帆济沧海。——[唐]李白《行路难》

有内涵地发朋友圈

白话文：男子汉应有远大抱负，去建功立业。
古诗文：男儿何不带吴钩，收取关山五十州。——[唐]李贺《南园十三首》

白话文：我所失去的，终有一天会还给我。
古诗文：天生我材必有用，千金散尽还复来。——[唐]李白《将进酒》

白话文：不听八卦，多看别人的优点，不妄加评论。
古诗文：耳不闻人之非，目不视人之短，口不言人之过。
——[宋]林逋《省心录》

白话文：管理好自己的情绪。
古诗文：喜时之言多失信，怒时之言多失体。——[明]陈继儒《小窗幽记》

白话文：等待成功。
古诗文：留得五湖明月在，不愁无处下金钩。——《增广贤文》

白话文：要想得开，放得下。
古诗文：勿以有限身，常供无尽愁。——[宋]陆游《还都》

白话文：保持淡定。
古诗文：日月如逝川，光阴石中火。任你天地移，我畅岩中坐。
——[唐]寒山《诗三百三首》

白话文：我的心永远追寻自由！
古诗文：此身天地一虚舟，何处江山不自由。——[明]陈献章《舫子》

白话文：人活着应乐观豁达，不用在意世俗眼光。
古诗文：人老簪花不自羞，花应羞上老人头。——[宋]苏轼《吉祥寺赏牡丹》

白话文：办法总比困难多。
古诗文：山高自有客行路，水深自有渡船人。——[明]吴承恩《西游记》

白话文：我是旅游达人。
古诗文：五岳寻仙不辞远，一生好入名山游。

——[唐]李白《庐山谣寄卢侍御虚舟》

白话文：终有一天，你会令人刮目相看。
古诗文：即今江海一归客，他日云霄万里人。——[唐]高适《送桂阳孝廉》

白话文：别人爱说什么就说什么，我可懒得解释。
古诗文：旁人错比扬雄宅，懒惰无心作解嘲。——[唐]杜甫《堂成》

白话文：愿我们友谊长存。
古诗文：愿岁并谢，与长友兮。——[先秦]屈原《橘颂》

白话文：国富民安，就是我的梦想！
古诗文：致君尧舜上，再使风俗淳。——[唐]杜甫《奉赠韦左丞丈二十二韵》

白话文：新的一年一切胜过往年。
古诗文：从今诸事愿，胜如旧，人生强健，喜一年入手。

——[南北朝]王寂《蹋莎行·元旦》

有内涵地发朋友圈

白话文：行胜于言。

古诗文：槁竹有火，弗钻不然；土中有水，弗掘无泉。

——［汉］刘安《淮南子》

白话文：人间总有遗憾。

古诗文：叹人间，美中不足今方信。纵然是齐眉举案，到底意难平。

——［清］曹雪芹《红楼梦》

白话文：无事一身轻。

古诗文：片云闲似我，日日在禅扉。——［唐］皎然《寄昱上人上方居》

白话文：心平气和。

古诗文：日暮春山绿，我心清且微。——［唐］储光羲《寻徐山人遇马舍人》

白话文：你具有超人的感知力！

古诗文：竹外桃花三两枝，春江水暖鸭先知。——［宋］苏轼《惠崇春江晚景》

白话文：要善于发现生活中的小美好。

古诗文：掬水月在手，弄花香满衣。——［唐］于良史《春山夜月》

白话文：世界宽广，没有什么能阻挡我们前进的脚步。

古诗文：抬眸四顾乾坤阔，日月星辰任我攀。——［宋］苏轼《失题二首》

心情物语

白话文：心无杂念。
古诗文：云心无我，云我无心。——[元]卫立中《殿前欢·碧云深》

白话文：我太高兴了，简直要跳起来了！
古诗文：春风得意马蹄疾，一日看尽长安花。——[唐]孟郊《登科后》

白话文：现在只想喝酒、游玩，然后睡个好觉。
古诗文：而今何事最相宜，宜醉宜游宜睡。
——[宋]辛弃疾《西江月·示儿曹以家事付之》

白话文：晚秋时分，想起了你。
古诗文：红叶黄花秋意晚，千里念行客。——[宋]晏几道《思远人》

白话文：顺其自然。
古诗文：纵浪大化中，不喜亦不惧。——[晋]陶渊明《形影神三首》

白话文：我自己能解决，不关你的事。
古诗文：日出而作，日入而息。凿井而饮，耕田而食。帝力于我何有哉！
——《击壤歌》

白话文：我喜欢初冬。
古诗文：平生诗句领流光，绝爱初冬万瓦霜。——[宋]陆游《初冬》

有内涵地发朋友圈

白话文：生活总得继续，人要朝前看。
古诗文：亲戚或余悲，他人亦已歌。——[晋]陶渊明《拟挽歌辞三首》

白话文：岁月匆匆，时不我待！
古诗文：长歌破衣襟，短歌断白发。——[唐]李贺《长歌续短歌》

白话文：小日子过得不错，很知足。
古诗文：衣食不求人，又识得、三文两字。不贪不伪，一味乐天真，三径里。——[宋]赵长卿《蓦山溪·遣怀》

白话文：最近心事较多，有点烦恼！
古诗文：心似双丝网，中有千千结。——[宋]张先《千秋岁·数声鶗鴂》

白话文：做一个吃货也不错。
古诗文：日啖荔枝三百颗，不辞长作岭南人。——[宋]苏轼《惠州一绝》

白话文：心向自由，何处不是风景？
古诗文：野旷天低树，江清月近人。——[唐]孟浩然《宿建德江》

白话文：你苦心追求的东西就在眼前，请珍惜当下！
古诗文：归来笑拈梅花嗅，春在枝头已十分。——《悟道诗》

白话文：生活得开心一点。
古诗文：带野花，携村酒，烦恼如何到心头。——[元]马致远《四块玉·叹世三首》

白话文：江南的春天如此绚丽多彩，令人陶醉。

古诗文：**日出江花红胜火，春来江水绿如蓝。**

——[唐]白居易《忆江南》

有内涵地发朋友圈

白话文：面对生活，保持微笑。
古诗文：人生自在常如此，何事能妨笑口开。——[宋]陆游《杂感》

白话文：多美的月夜！
古诗文：月到天心处，风来水面时。——[宋]邵雍《清夜吟》

白话文：想得开的人，满眼都是风景。
古诗文：一心无累，四季良辰。——[明]陈继儒《小窗幽记》

白话文：生活繁忙也勿忘心安。
古诗文：树深时见鹿，溪午不闻钟。——[唐]李白《访戴天山道士不遇》

白话文：绝交吧。
古诗文：我断不思量，你莫思量我。——[宋]谢直《卜算子·赠妓》

白话文：生活中的美好，要学会珍惜。
古诗文：春宵一刻值千金，花有清香月有阴。
——[宋]苏轼《春宵·春宵一刻值千金》

白话文：雪落大地静无声。
古诗文：倾耳无希声，在目皓已洁。
——[晋]陶渊明《癸卯岁十二月中作与从弟敬远》

白话文：愿大家享有健康安宁与富贵荣华。
古诗文：康宁富贵备五福，灵宝盛气如虹霓。——[宋]王拱辰《耆英会诗》

白话文：祝家庭美满，皆得所愿。
古诗文：喜盈我室，所愿必得。——[汉]焦延寿《焦氏易林》

白话文：做一个快乐的吃货！
古诗文：庭前八月梨枣熟，一日上树能千回。——[唐]杜甫《百忧集行》

白话文：新橘酸爽，香气四溢，令人难忘。
古诗文：香雾噀人惊半破，清泉流齿怯初尝。吴姬三日手犹香。
　　　　　　　　　　　　　　——[宋]苏轼《浣溪沙·咏橘》

白话文：时间过得真快啊！
古诗文：昔别君未婚，儿女忽成行。——[唐]杜甫《赠卫八处士》

白话文：珍惜眼前人。
古诗文：被酒莫惊春睡重，赌书消得泼茶香，当时只道是寻常。
　　　　　　　　　　　——[清]纳兰性德《浣溪沙·谁念西风独自凉》

白话文：夏天景色也很美。
古诗文：芳菲歇去何须恨，夏木阴阴正可人。——[宋]秦观《三月晦日偶题》

白话文：高高兴兴出门去，快快乐乐过人生。
古诗文：一笑出门去，千里落花风。——[宋]辛弃疾《水调歌头·我饮不须劝》